# Vou te receitar outro gato

Syou Ishida

# Vou te receitar outro gato

TRADUÇÃO DE NATÁLIA ROSA

Copyright © 2023 by Syou ISHIDA

Sob os cuidados de The Appleseed Agency Ltd, Japão.
Esta edição foi publicada mediante acordo com PHP Institute, Inc., por intermédio de Emily Books Agency LTD. e Casanovas & Lynch Literary Agency S.L.

TÍTULO ORIGINAL
猫を処方いたします。2

COPIDESQUE
Lídia Ivasa

REVISÃO
Mariana Gonçalves

DIAGRAMAÇÃO
Juliana Brandt

ILUSTRAÇÕES DE MIOLO
Nicole Bustamante

ILUSTRAÇÃO DE CAPA
霜田有沙

CIP-BRASIL. CATALOGAÇÃO NA PUBLICAÇÃO
SINDICATO NACIONAL DOS EDITORES DE LIVROS, RJ

I77v

    Ishida, Syou
        Vou te receitar outro gato / Syou Ishida ; tradução Natália Rosa. – 1. ed. – Rio de Janeiro : Intrínseca, 2025. (Vou te receitar um gato ; 2)

        Tradução de: 猫を処方いたします。2
        Sequência de: Vou te receitar um gato
        ISBN 978-85-510-1370-0

        1. Romance japonês. I. Rosa, Natália. II. Título. III. Série.

24-94507        CDD: 895.63
                    CDU: 82-3(520)

Gabriela Faray Ferreira Lopes – Bibliotecária – CRB-7/6643

[2025]
Todos os direitos desta edição reservados à
EDITORA INTRÍNSECA LTDA.
Av. das Américas, 500, bloco 12, sala 303
22640-904 – Barra da Tijuca
Rio de Janeiro – RJ
Tel./Fax: (21) 3206-7400
www.intrinseca.com.br

# CAPÍTULO 1

De repente, percebeu que seus pés estavam molhados. Moe Ōtani olhou ao redor. Havia entrado em um beco escuro sem que se desse conta.

Pouco antes, estava andando pela movimentada avenida Kawaramachi. Alguns centros comerciais de Quioto sempre ficavam lotados de turistas e jovens, e a quantidade de pessoas aumentava ao anoitecer. Geralmente, na volta da faculdade, ela passava em algum café ou fazia compras com as amigas, misturando-se à multidão. Hoje, porém, estava sozinha.

Tinha seguido na direção leste da avenida Takoyakushi para evitar a aglomeração, mas acabou em um lugar desconhecido. O beco era côncavo, e ela não reconhecia nada à sua direita ou à sua esquerda, nem o antigo complexo de apartamentos à frente. A entrada do prédio estava aberta, e ali se via um corredor que seguia até o fundo.

— Onde é que eu fui parar? — murmurou Moe no beco deserto e sem saída.

Ela era bastante distraída. Por isso, diziam que não dava para confiar nela, ou que era imprevisível. Mas foi a primeira vez que as preocupações de Moe a distraíram a ponto de errar a rua. Ela soltou um longo suspiro, sentindo-se patética.

Será que deveria matar o tempo em algum lugar para evitar o namorado? Ou talvez ir à casa de uma amiga, desabafar e fingir que não sabia de nada? Se o telefone tocar, bastava não atender. Sim, era melhor continuar fingindo que não havia percebido nada.

Se fizesse isso, seria possível evitar o término?

Ou poderia fazer tudo por telefone... Será que assim doeria menos?

Moe ficou parada ali, olhando para o prédio escuro.

Seria bom se as coisas mudassem enquanto estava parada naquele beco abafado. Será que não havia ninguém com poderes divinos para fazer uma mágica e ajudá-la a evitar o término? Moe aceitaria qualquer coisa. Queria fugir de tudo que era desagradável. Queria dar as costas para aquilo.

Quanto mais tentava inutilmente ganhar tempo, mais sua tristeza aumentava. Ela já não estava mais feliz com a perspectiva de reencontrar o namorado depois de tanto tempo. Pelo contrário, queria que ele não viesse.

Fungando, ela deu meia-volta para sair do beco. Então, ouviu uma voz.

— Ei, você aí.

Ela se virou, mas não havia ninguém. Ouviu novamente a voz, que vinha de longe, de algum ponto lá no alto.

Olhou lentamente para cima. Sob o céu nebuloso, observou o prédio antigo. A janela mais alta estava aberta. Seria do quarto ou quinto andar? Era bem alto. E, para sua surpresa, alguém ali olhava para baixo.

— Aqui, aqui! — chamou mais uma vez.

Moe não conseguia ver direito, pois estava contra a luz, mas era um homem. Tinha uma voz aguda e anasalada, e sua roupa parecia ser branca.

Ela tomou um susto ao vê-lo com metade do corpo para fora da janela e ficou boquiaberta.

— Isso é perigoso!

— Não, não, não sou perigoso. Sou uma boa pessoa.

Não dava para ver direito o rosto do homem, mas pelo visto ele estava sorrindo. Como não havia mais ninguém no beco além de Moe, ele só podia estar falando com ela.

— Já que veio até aqui, suba, por favor — disse o sujeito, o dialeto de Quioto ecoando lá do alto. — Estou no último andar, na penúltima sala. Entre e fique à vontade.

— Nã... Não. Por que eu ficaria à vontade?
— Então que tal eu ir até aí? Acho que consigo pular daqui. Não, acho que é impossível. Não, não, acho que consigo, hein? Vou tentar, não custa nada.

Ao falar isso, o dono da voz se inclinou para a frente. Moe, assustada, gritou para impedi-lo:

— Espere! Não precisa se jogar!

Em pânico, ela correu para dentro do longo e estreito prédio. Subiu as escadas até o último andar, desesperada, e bateu na porta da penúltima sala. Assim como o prédio em si, a tinta da porta velha — de metal e aparentemente pesada — estava descascando. Moe bateu várias vezes, mas ninguém atendeu. Aquilo tudo era bem suspeito e assustador. Mas o homem falava de um jeito tão descontraído... Seu dialeto suave dava uma sensação de acolhimento.

"A voz estava me chamando."

Moe agarrou a maçaneta da porta, mas, quando tentou girar, percebeu que estava emperrada. No entanto, não desistiu: a porta era tão pesada quanto parecia, mas ela juntou todas as forças, segurou a maçaneta com as duas mãos e a empurrou com vigor.

A porta se abriu. Em contraste com a atmosfera do prédio antigo, a sala era bem iluminada e logo na entrada havia uma janelinha que parecia ser a recepção. "Isso é uma clínica?", pensou Moe, esticando o pescoço para espiar os fundos. Não havia ninguém ali, apenas uma poltrona.

— Com licença — chamou, mas não obteve resposta.

"O que aconteceu com o homem?", perguntou-se. Ela o chamou mais uma vez, mas nada de responderem.

"Ele não pulou de verdade, não é?" Moe apurou a audição, tensa, tentando ouvir sirenes e a comoção das pessoas lá embaixo, mas não parecia haver qualquer movimentação estranha. A sala estava mergulhada em um silêncio mortal.

Quando estava prestes a ir embora, ouviu a voz penetrante de uma mulher.

— Como assim, dr. Nike?

A voz brava vinha dos fundos. Parecia haver mais uma sala ali. Moe avançou na ponta dos pés. Pela porta entreaberta, viu a silhueta de uma mulher com uniforme de enfermeira. Com as mãos na cintura, olhava para alguém com desdém.

— Por que se dar ao trabalho de chamar alguém lá embaixo? Está com tempo livre? Parece que sim, né?

— Não precisa ficar tão irritada. — Era a voz do homem de antes. — Afinal, ela veio até o prédio e estava prestes a ir embora. Não seria bom se eu pelo menos ouvisse a história dela?

— Não, não seria. Você tem pacientes com hora marcada e vive atrasando a consulta deles.

— Não é bem assim... Eles demoram para chegar, então não tenho muito o que fazer.

— Como eu disse, você está com tempo livre.

Por outro ângulo, Moe viu a figura constrangida do homem pela fresta da porta. O médico parecia amável e gentil, devia ter por volta dos trinta anos e usava um jaleco branco. Quando ele levantou o rosto, seus olhares se encontraram.

— Ah! Entre, entre, por favor.

O médico sorria, como se tivesse sido salvo pelo gongo. A enfermeira se virou e encarou Moe. Era uma bela mulher, de olhos gentis. Talvez um pouco mais velha do que Moe. Parecia ter cerca de 25 anos e sua expressão austera não era nada acolhedora.

— Hã, eu...

— Entre! Por favor, sente-se — pediu o médico, alegremente.

Antes de Moe entrar na sala, a enfermeira saiu, com um ar de indiferença. Aquilo ali era um consultório. Havia uma cadeira simples, uma mesa e um computador. Ela obedeceu e se sentou. Qual seria a especialidade dele? Não havia nenhum equipamento hospitalar.

Enquanto ela olhava ao redor, intrigada, o médico sorriu calorosamente e disse:

— Não se preocupe. A sra. Chitose fala de um jeito meio bruto, mas tem um bom coração. Esta é a Clínica Kokoro. Como pode ver, somos só eu e uma enfermeira cuidando de tudo por aqui. Em geral, recusamos novos pacientes, mas este é um caso especial. Obrigado por ter vindo.

Clínica Kokoro? Kokoro não significa "mente"? Este lugar é uma clínica psiquiátrica?

Moe estava confusa.

— Desculpe, mas... eu não tenho tantos problemas assim a ponto de precisar me consultar com um psiquiatra.

O médico riu de modo descontraído, sem se importar com a expressão de surpresa de Moe.

— Mas você veio até aqui, né? — perguntou ele.

— Não vim porque quis. Só fiquei curiosa porque você me chamou.

— Existem pessoas que não vêm mesmo quando são chamadas. Algumas vêm, mas não entram. Você veio por conta própria. Subiu as escadas com os próprios pés e abriu a porta com as próprias mãos. Se não quisesse vir de jeito nenhum, era melhor ter ficado parada, certo? Enfim.

O médico se voltou para a mesa e começou a digitar no computador.

E assim, sem qualquer aviso, a consulta começou. Era a primeira vez que Moe ia a um psiquiatra; também nunca tinha ido ao departamento de saúde mental da faculdade. Até porque não queria contar seus problemas a outras pessoas.

— Pode me falar seu nome e sua idade?

O médico à sua frente era jovem e tinha uma estranha leveza. Seduzida pelo dialeto de Quioto, ela baixou a guarda.

— Moe Ōtani. Vou fazer vinte anos em breve.

— O que te traz aqui hoje?

— Como assim?

"Pareço preocupada? Pareço estar com algum problema?", pensou ela.

De fato, alguns minutos antes, estava angustiada, mergulhada em pensamentos. Mas era por algo trivial. Conversar com um médico a respeito disso parecia exagero.

As coisas só estavam um pouco difíceis. Se ela trancasse aquilo no coração, provavelmente o sentimento desapareceria. Não valia a pena botar para fora.

Quando ia dizer que estava tudo bem, Moe olhou nos olhos do médico. Ele não parecia tenso; pelo contrário, parecia ansioso para ouvir uma história interessante.

Seus olhos eram peculiares. Ele a observava com atenção, embora, ao mesmo tempo, parecesse olhar para outra pessoa.

— Não quero me separar da pessoa de quem gosto — murmurou Moe.

— É mesmo? — O médico sorriu e assentiu. — Vou te receitar um gato. Sra. Chitose, poderia trazer o gato? — pediu ele, virando-se para a cortina no fundo do consultório.

A enfermeira entrou, ainda mal-humorada e com o cenho franzido.

— Dr. Nike. Este gato precisa de supervisão.

— Ah, é verdade. Você entende bem das coisas, sra. Chitose. Se não fosse pela senhora, nossa clínica não estaria de pé.

— Hunf. Que falso — respondeu a enfermeira, parecendo não ligar muito.

Ela colocou a caixa de transporte em cima da mesa e voltou para a sala atrás da cortina.

"Que conversa foi essa?", perguntou-se Moe. Ainda atônita, viu o médico girar a caixa simples de plástico. Pela lateral, ela deu uma olhada no interior.

Havia um gato ali.

— Hã? Um gato?

— Isso mesmo, um gato.

O médico parecia quase estar se gabando. Moe abaixou e espiou dentro da caixa mais uma vez.

O animal era marrom com listras pretas. Tinha um rosto delgado, as grandes orelhas triangulares estavam erguidas, e sua boca, bem fechada. Era um gato, mas tinha uma postura elegante. Era bonito.

— Que gato lindo...

— Você acha? Vou tirá-lo da caixa.

O médico então abriu a portinha. O gato saiu com movimentos suaves como as ondas do mar. Não era muito grande. Ao ver o padrão da pelagem, Moe inconscientemente colocou as mãos nas bochechas.

— Uau, o pelo dele parece de leopardo. Que gracinha!

— É, parece a estampa que as senhorinhas de Kansai costumam usar. Quando é a roupa de uma senhorinha, dizem que é exagerado ou brega, mas quando é um gato, é bonitinho. Curioso, né? Ele ainda é filhote. Quando crescer mais, o nível de "senhorice" vai aumentar. Fique com este gato por... hum, o que foi?

O gato com pelo de leopardo se sentou todo retinho, como se fosse uma peça de decoração, e encarou o médico com seus olhos arregalados. Dr. Nike aproximou o rosto e esfregou seu nariz no dele.

— Não são as senhorinhas de Kansai? São apenas as de Osaka? De fato, não posso colocar a região inteira de Kansai no mesmo saco. Desculpa, desculpa. Erro meu.

O médico sorriu e o gato voltou por conta própria para a caixa. Exatamente como se estivessem conversando.

— Bom, fique com este gato com estampa das senhorinhas de Osaka por uma semana. Vou te dar uma receita, então pegue tudo o que for necessário na recepção e volte para casa. Ah, isto também.

O médico entregou uma caderneta junto com um pedacinho de papel. Era um caderninho para registrar os remédios prescritos. Um item comum e simples, que Moe também tinha em casa.

No entanto, ela franziu o cenho. As palavras "caderneta de remédios" impressas na capa estavam riscadas com duas linhas em tinta preta e tinham sido substituídas por "caderneta de gatos". Como se fosse uma travessura de criança.

— Todos os dias, escreva o que ele comeu e o que saiu.

— O que ele comeu... e o que saiu?

— Sim, a regra básica é "tudo que entra sai". Escreva detalhadamente onde e como ele fez cada coisa. Por favor, organize direitinho para que ele consiga fazer tudo sem problemas.

— Espera um pouco. Você está dizendo para eu levar esse gato comigo?

— Isso mesmo.

O médico falou de maneira tão casual que Moe ficou boquiaberta. Cuidar de um gato não era algo que se deveria aceitar de forma leviana. Ela negou com força, balançando a cabeça.

— Impossível. Completamente impossível — respondeu.

O médico riu.

— Como é modesta, srta. Ōtani.

— Não é modéstia. Eu não sei se consigo fazer isso. Não sei se me sinto confiante o suficiente para cuidar de um gato.

Ela ficou cabisbaixa, desesperada com a ideia. O médico, no entanto, não se importou e empurrou na direção dela a caixa de transporte com o gato-leopardo.

— Olha só, agora você também faz parte do clube das senhoras com estampas de leopardo de Osaka. Legal, né?

Legal nada! Várias coisas não estavam nada legais. Eles estavam em Quioto, e Moe não gostava de roupas com estampa de leopardo. Porém, independentemente do que ela dissesse, o médico apenas ria alto. Ainda pasma, ela pegou a caixa de transporte e saiu do consultório. Não havia outros pacientes, apenas a poltrona vazia na sala de espera.

— Srta. Ōtani, por aqui.

Ela viu alguém acenar da recepção. Era a enfermeira.

— Pode deixar sua receita aqui.

Era o mesmo procedimento de uma clínica comum, mas geralmente um médico não chamaria pacientes na rua nem lhes receitaria gatos. Ela entregou o papelzinho para a enfermeira, que em troca lhe deu uma pesada sacola de papel.

— São suprimentos. As instruções estão dentro. Por favor, leia com atenção.

Dentro da sacola havia potes, uma caixa rasa de plástico e vários tipos de sacos menores. Moe pegou as instruções para ler.

"Nome: Kotetsu. Macho. Idade estimada: quatro meses. Bengal. Alimento: quantidade adequada de ração de manhã e à noite. Água: fornecer regularmente. Limpeza das fezes e urina: quando necessário. Gatos geralmente urinam de duas a quatro vezes por dia e defecam de uma a duas vezes por dia. Prestar atenção na cor, no cheiro, na forma e na quantidade. Para evitar problemas urinários, gatos e humanos devem fazer suas necessidades em um ambiente sem estresse. Isso é tudo."

Ela leu e releu várias vezes o que estava escrito.

Quando o médico falou sobre o que saía, ele se referia aos excrementos? Moe olhou para a enfermeira, que cuidava de outras tarefas administrativas.

— Com licença... O que está escrito aqui para prestar atenção é nas coisas que ele faz no banheiro?

— Se tiver alguma dúvida, pergunte ao doutor. Melhoras.

— A cor e o cheiro...

— Melhoras.

— ... do cocô?

— Melhoras.

A enfermeira, indiferente, não respondia nada além disso. Ao sair da clínica com relutância, carregando a caixa com o gato, Moe voltou à realidade ao notar as paredes e o corredor do prédio antigo. Algo peculiar havia acontecido por conta de seu jeito distraído.

Não tinha aparecido uma pessoa com poderes divinos para resolver seus problemas num passe de mágica, mas o médico de uma clínica psiquiátrica havia lhe receitado um gato.

Moe não conseguia decidir se aquilo era bom ou ruim.

Já fazia três horas desde que tinham voltado para casa e o gato não chegara perto da caixinha de areia. Será que havia algo errado?

— Ei, do que você não gostou?

Ela conversava com Kotetsu enquanto abraçava uma almofada. O gato estava sentado todo comportadinho, fazendo sua higiene. Moe observava a cena, mantendo certa distância.

O pai de Moe havia alugado o apartamento perto da Universidade de Quioto, já que a filha ia estudar lá. Para uma universitária, o local era espaçoso e limpo. A porta dava para um pequeno corredor, seguido de cozinha e quarto. Ao chegar em casa, a primeira coisa em que ela pensou foi onde soltar o gato. Não seria bom se ele acabasse comendo algo por acidente da cozinha. Então, restou o quarto. Ela fechou a porta e Kotetsu imediatamente se enfiou embaixo da cama, assim que saiu da caixa.

Ele era muito rápido, era difícil acompanhar.

Ela se agachou e chamou o gato, mas ele se limitava a olhar pela fresta, com as orelhas triangulares em pé e os grandes olhos exibindo apenas uma fina linha preta. Suas pupilas retraídas mostravam que estava alerta.

"Acho que quanto mais chamar, pior", pensou Moe. Ela pegou os potes que recebeu na clínica, colocou ração e água e os deixou ao lado da cama. Kotetsu observava silenciosamente, então avançou devagar, como se rastejasse, estendendo uma patinha por vez, passo a passo.

Após devorar toda a comida, ele se sentou tranquilamente. Quando Moe era criança, seus avós tinham um gato, então ela sabia como essas criaturas eram graciosas e temperamentais. O gato dos avós era muito gordo e macio, e, toda vez que ela o abraçava, ele fugia depressa. Mas como não tinha sido ela quem cuidara dele, a ansiedade era maior do que a nostalgia.

Segundo as instruções, Kotetsu era um gato bengal de quatro meses. Seu pelo era castanho-claro com listras pretas no rosto e nas patas dianteiras. Parecia um tigre com cara de gato, com várias manchas pelo dorso. Isso lhe dava uma aparência muito fofa. Anéis pretos envolviam as manchas castanho-escuras, exatamente como um leopardo. Seu pelo curto e brilhante fazia o padrão se destacar. Ela pesquisou sobre gatos bengal no celular. Eram gatos amigáveis, dóceis e com boas habilidades físicas. A pelagem podia ser castanha, branca, cinza, mas parecia que a de Kotetsu era a mais popular. Gatos são considerados adultos por volta dos três meses, porém o corpo e o comportamento deles ainda continuam mudando, então Kotetsu, que tinha cerca de trinta centímetros quando sentado, estava em fase de crescimento. Aquele médico estranho também falou que ele cresceria mais.

O gato comeu a ração e bebeu água, mas não se aproximou do banheiro preparado para ele. Ainda mantendo distância, Moe leu mais uma vez as instruções dadas pela clínica.

— Gatos urinam de duas a quatro vezes por dia e defecam de uma a duas vezes por dia. Tudo bem ainda não ter feito cocô, mas precisa fazer pelo menos um xixi. Ei, Kotetsu. Você não quer ir ao banheiro? Tem alguma coisa errada aí?

A caixa de plástico que lhe fora entregue — rasa, daquelas vendidas em lojas de material de construção — estava ao lado dos potes de água e comida. E ainda tinha a areia. Ela ficou surpresa quando abriu o saco e uma nuvem de poeira se espalhou: eram pedrinhas de tamanhos variados, parecia cimento triturado.

Ela espalhou a areia na caixa e pronto.

Depois, era só esperar. Não havia mais nada que pudesse fazer.

Moe tinha uma ideia de como gatos faziam suas necessidades. Lembrava que, na casa dos avós, a caixa ficava no canto da cozinha, e o gato se sentava lá com uma expressão séria. Ela sentia que não podia incomodar, mesmo que se tratasse de um animal, então não ficou encarando.

Mas Kotetsu nem chegou perto da caixa, o que fez Moe se arrepender de não ter prestado mais atenção no momento em que o gato dos avós ia ao banheiro.

— Será que não tem areia suficiente? Vou colocar um pouco mais.

Quando estava prestes a fazer isso, o interfone tocou, e Moe tomou um susto.

Era Ryūji. "Ops. Tinha me esquecido completamente dele."

Era terça-feira. Não muito tempo antes, ela esperava ansiosamente por aquele dia da semana, animada com a visita do namorado. Ryūji trabalhava em uma imobiliária e folgava nas quartas. Como ele morava na casa dos pais, passava a noite na casa de Moe na véspera da folga. No dia seguinte, Moe não ia à faculdade e os dois ficavam juntos.

Eles fizeram isso por quase um ano. Mas, naquele mês, Ryūji não apareceu, alegando estar ocupado demais para ir até lá. Nos últimos tempos, ele parecia distante. Suas respostas eram apáticas, e o rapaz não fazia contato visual. Moe tinha um pressentimento ruim diante dos sorrisos forçados que o namorado dava, como se tudo fosse um incômodo para ele.

E então Ryūji ligou no dia anterior, avisando apenas que queria conversar e passaria lá na volta do trabalho. Coisa boa não devia ser. Será que ele havia se cansado e não gostava mais de Moe? Ou estava a fim de outra pessoa?

Era nisso que ela estava pensando antes de se perder e encontrar aquela clínica. Como precisava cuidar de Kotetsu, Moe se esquecera completamente desse problema. Despreparada, fechou a porta do quarto e se dirigiu para a entrada.

Ali estava Ryūji, parado e de terno. Ele levantou a mão em um gesto de cumprimento, mas estava com uma expressão constrangida. Mesmo ao entrar, seu olhar estava perdido e ele parecia tenso.

De repente, Moe sentiu a temperatura despencar. Antes, as visitas dele enchiam a casa com uma atmosfera de felicidade. Ryūji tinha vinte e cinco anos e era mais maduro do que Moe. Era gentil, calmo e inteligente. Um namorado que dava orgulho.

— Hum... Quer comer alguma coisa? Ou beber? Ah, é. Estreou uma série coreana nova. Uma amiga da faculdade recomendou muito. Ela disse que é bem divertida.

— Não, agora não. Sabe, Moe, precisamos conversar...

— Também tem um filme novo. Aquele que você disse que queria assistir. Melhor, né? Mas as resenhas não foram muito boas. E delivery? Quer pedir pizza ou algo do tipo?

Moe falava depressa, sem parar, querendo melhorar o clima ruim. Ela evitou encarar a expressão contrariada do namorado.

Afinal, Moe não queria terminar. "A gente estava indo bem", pensou. Não fazia ideia do motivo do afastamento de Ryūji.

Ryūji estava prestes a dizer algo. Então, um som alto veio do quarto. Kotetsu corria ruidosamente.

— Que barulho foi esse? — perguntou Ryūji, assustado.

— É o gato.

— Um gato? Você agora tem gato?

— Não. Aconteceram umas coisas estranhas e me receitaram um gato numa clínica.

— Numa clínica? Que mentira — disse Ryūji, com um sorriso irônico.

Houve outro barulho no quarto.

Moe abriu a porta devagar e espiou lá dentro. Então, seus olhos encontraram com os de Kotetsu, que enfiava as unhas no lençol da cama. O felino arregalou os olhos e parou, como um ladrão pego no flagra.

Ryūji também espiava pela fresta da porta.

— Uau, é um gato de verdade. Quando você adotou ele?

— O gato não é meu. Eu fui numa clínica ali perto da Rokkaku e da Takoyakushi, e lá me disseram para ficar com ele por uma semana, como remédio. Me deram também uma caderneta de remédios... ou melhor, uma caderneta de gatos.

Ryūji franziu a testa, intrigado.

— Como assim? Não entendi.

— É estranho, mas é verdade.

— Hum. — Ele não parecia acreditar. — Um gato, é? Ter um bichinho é legal, mas você vai ficar fissurada nele, Moe.

Ryūji abriu a porta do quarto e entrou. Meio agachado, se aproximou de Kotetsu, que continuou em cima da cama, mas recuava.

— Que gato maneiro. Parece um minileopardo. Será que ele me arranha se eu tentar encostar nele?

Ao dizer isso, Ryūji estendeu a mão, mas Kotetsu percebeu o movimento, desceu da cama e andou devagar para um canto do quarto.

Ryūji encostou desanimado na cama e olhou para o gato. O clima pesado de antes se dissipou. Moe logo se sentou ao lado do namorado e apoiou a cabeça em seu ombro.

Ali, com Kotetsu, era como se tudo tivesse voltado a ser como antes.

Parecia mentira, mas talvez o gato tivesse surtido efeito. Moe se sentiu grata ao médico. Quem imaginaria que um gato fosse a solução para seus problemas amorosos? Ryūji tinha um olhar gentil.

— Um gato... ele é muito fofinho. Ouvi dizer que o número de mulheres que moram sozinhas e têm gatos está aumentando.

— Sei, sei.

Encantada, ela seguiu o olhar gentil do namorado. Depois de cheirar o pote de comida e o de água, Kotetsu farejou a beirada da caixa de areia que estava ao lado.

— Ah, acho que ele vai usar o banheiro.

— Ah, é? — disse Ryūji, inclinando o corpo para a frente.

Kotetsu entrou devagar na caixa, um passo depois do outro. Mesmo assim, não se abaixou, fazendo barulho enquanto empurrava a areia. Talvez não fosse bom ficar encarando. Talvez ele se distraísse com a presença de pessoas.

Porém Ryūji esticou o pescoço, parecendo interessado, e Moe não conseguiu pedir para que ele saísse do quarto. Se saíssem, talvez seu sorriso desaparecesse e ele terminasse com ela. Moe ficou pensando naquilo.

— Ah, ele se sentou — disse Ryūji.

Quando Moe olhou, Kotetsu estava com o traseiro perto da areia e o rabo levantado. A lateral da caixa escondia a ação, mas, pelos pequenos movimentos, ele parecia estar se aliviando.

"Ah, que bom", pensou Moe, mais tranquila.

Depois de apenas um minuto, Kotetsu levantou o traseiro. E então cavou levemente a areia com a pata dianteira, fazendo Moe e Ryūji sorrirem diante daquele comportamento fofo. Eles queriam ver mais, então se aproximaram.

O movimento seguinte foi mais forte, lançando areia para fora da caixa. Então, quando as coisas já pareciam ruins, Kotetsu esticou bem as patas dianteiras e começou a puxar a areia diversas vezes.

Foi com muita intensidade. Um momento antes, parecia uma criança brincando com areia, mas em seguida passou para uma escavadeira espalhando cascalho. Kotetsu mudou de posição e inclinou o corpo, apoiando as patas traseiras na borda de plástico. Então, deu um golpe decidido e vigoroso.

Sem tempo para desviar, grãos de areia foram lançados no rosto de Ryūji, como se fossem pedregulhos atirados por um estilingue.

— Ai! Isso doeu!

— Aaaai!

Moe também fugiu, em pânico. O quarto inteiro estava sujo de areia. E, no meio da poeira, uma coisa preta voou na direção de Ryūji.

Era cocô.

Com o cabelo e o rosto cobertos de areia, o rapaz tentava desesperadamente se limpar. Sem nem perceber que também tinha sido atingido pelas fezes do gato.

— Então seu namorado foi embora com cocô na cabeça?

Ao falar isso, Leona deixou escapar uma gargalhada.

Estavam em um intervalo entre aulas na faculdade, e muitas estudantes ocupavam as mesas externas do café no pátio. A risada de Leona era tão alta que as meninas da mesa ao lado a encararam. Constrangida, Moe se encolheu na cadeira.

— Chega, você tá rindo demais.

— Desculpa, mas é muito engraçado. Ele, cheio de cocô de gato...

Leona estava prestes a gargalhar de novo, e Moe a encarou.

— Eu limpei direitinho. Não sujou tanto porque tinha areia grudada.

— Caramba, isso é muito engraçado... — Leona parecia estar se divertindo. — Mas que bom. Então quer dizer que, graças a isso, vocês fizeram as pazes?

— É, bom...

Moe deu uma resposta vaga. Ela tinha vindo do interior para fazer faculdade em Quioto, e Leona era sua melhor amiga. Elas estudavam na mesma universidade e passavam tempo juntas depois das aulas. Recentemente, vinham conversando sobre a frieza do namorado de Moe.

As duas têm gostos para roupas e personalidades completamente opostas. Todos dizem que Moe parece uma menininha, enquanto Leona parece um garoto. Quando conversam, no entanto, elas se divertem muito. As diferenças expandem seus horizontes.

— Pra começar, por que vocês estão nesse clima esquisito? — perguntou Leona. — Você tem alguma ideia?

Moe balançou a cabeça.

— Nenhuma. Nós não brigamos, e ele não parece bravo com nada em específico...

— Ele é temperamental?

— Não, ele não é desse tipo. Está sempre calmo.

Na noite anterior, depois de se limpar, Ryūji foi embora, dizendo que iria trabalhar no dia de folga. Os dois não haviam feito as pazes porque não puderam conversar. Ela apenas conseguiu evitar o assunto.

— Hum... Você já me mostrou fotos dele, e ele parecia mesmo gentil... e bem sarado. Como vocês se conheceram? Encontro às cegas?

— Sim. Ryūji participou de um encontro em grupo organizado por uma amiga do clube, e pra mim foi amor à primeira vista.

Moe relaxou o rosto. Tinha ido ao encontro esperando expandir o seu círculo de amizades, mas, assim que viu Ryūji, se apaixonou.

— Amor à primeira vista, sei. Para mim não funcionaria. — Leona abriu um sorriso amargo. — Sem querer criticar amores à primeira vista, mas a aparência é apenas uma parte da pessoa. Você sabe como ele é por dentro?

— É claro. Ryūji é gentil e sincero.

— É mesmo? A aparência dele é só um extra?

Ela não se importava com a provocação. Ryūji era exatamente o tipo de homem que ela gostava, e isso não mudaria. Por esse motivo, não queria terminar de jeito nenhum.

De repente, se sentiu abatida. Até o momento, tinha reservado as noites de terça e as quartas para Ryūji. Mesmo que ele não viesse, talvez conseguissem se encontrar, caso houvesse alguma mudança repentina de planos, então ela faltava à aula.

Mas, naquele dia, ela não queria passar o dia sozinha e sofrendo. Então, depois de pensar bastante, foi para a faculdade em uma quarta-feira.

A próxima visita provavelmente seria na terça da semana seguinte. Até lá, ela precisava de um plano para superar aquele obstáculo. Não podia depender do gato, receitado por apenas sete dias.

No dia anterior, após cobrir o quarto de areia, Kotetsu não pareceu nem um pouco arrependido e se enrolou para dormir, exibindo aquele lindo dorso de leopardo. Moe recolheu com relutância as fezes dele, misturadas com areia, e anotou o formato na "Caderneta de gatos". Porém, como foram espalhadas, era difícil saber o formato preciso.

"Como será que vai estar o quarto hoje quando eu voltar?", pensou Moe. A possibilidade de vê-lo bagunçado de novo a desanimou. Ela segurou a caneca com as duas mãos e deixou escapar um suspiro.

— Quem tem gato sofre com a limpeza... Não sabia que eles espalhavam tanta areia assim.

— O lá de casa não faz isso — comentou Leona, sorvendo com um canudo seu café gelado, que àquela altura devia ser só gelo derretido.

Distraída com o barulho, Moe quase não ouviu o que a amiga falou.

— O que não espalha?
— Cocô com areia. Meu gato usa uma areia que não se espalha.
— Hã? Tem outros tipos de areia?
— Sim, existem vários.
— É mesmo? Não sabia. Foi a clínica que me deu.

Aquela nuvem de poeira do dia anterior era quase um poluente.

— Mas essa clínica aí é meio esquisita. Fica em qual área de Nakagyō?

— Eu estava andando pela avenida Takoyakushi e encontrei o lugar sem querer. Mas vamos voltar pro que é importante: a areia. Que areia é essa que não se espalha? Onde vende?

— Esse desespero todo chega a ser engraçado. Enfim, lojas que vendem produtos para animais de estimação têm alguns tipos, mas, se você quiser ver uma variedade maior, é melhor ir em um pet shop grande. Tem um perto do metrô. O que você acha de irmos depois da aula?

— Vamos, vamos — respondeu Moe, depressa, fazendo Leona dar outra risada alta.

O pet shop ocupava metade de um andar do supermercado e era muito maior e mais bonito do que Moe imaginara. Era bem iluminado e tinha paredes de vidro que davam a sensação de ser um espaço aberto.

O que mais a surpreendeu foi a seleção dos produtos. Eram prateleiras bem arrumadinhas, exatamente como as dos corredores de supermercados, cheias de mercadorias das mais variadas.

Leona riu da expressão fascinada de Moe ao ver a quantidade de produtos.

— Ficou surpresa, é?

— Claro que fiquei... Ora, tudo isso é pra bichos, né? É muito grande, tem muita coisa.

— É como um parque de diversões. Tem de tudo. Torre pra gatos, aquelas camas fofas e muito mais. E não só pra gatos. Também tem bastante coisa pra cachorros. Olha lá — disse Leona, apontando para o lado oposto da loja. — E pra peixes tropicais. E insetos. Quando venho aqui, fico pensando em todos os tipos de bichos que as pessoas criam.

— Que impressionante, o mundo dos pets.

Moe, que jamais tivera um animal de estimação, nunca havia entrado em um pet shop para comprar qualquer item. Apenas passava em frente nos shoppings e parava para olhar os cachorrinhos e gatinhos brincando na vitrine e sorria.

Cachorrinhos e gatinhos fofos. Ela se deu conta de que, assim como humanos, aqueles filhotes também tinham necessidades diárias.

— Enfim, areia, areia, areia.

Leona parecia conhecer bem a loja e imediatamente a levou para a prateleira que estavam procurando. Ao ver os produtos expostos, Moe congelou.

— Espera aí... Tudo isso?!

Ali havia uma fileira de sacos que mais pareciam de cereal, porém a variedade era muito maior.

— Tudo isso é areia pra gato? Por que tem tantos tipos?!
— Cada areia funciona de um jeito. Tem um material ou formato diferente, e o jeito de jogar fora também varia. Que tipo de banheiro você tem em casa, Moe?
— Como assim, que tipo? Um banheiro normal. Um banheiro de apartamento. Vaso sanitário com descarga, bidê eletrônico com assento aquecido, tapete e porta-papel cor de lavanda.
— Não, não, não — interrompeu Leona, balançando a mão. — Não o seu banheiro. O banheiro do gato. Não me faça rir.
— Do gato? Hã? O banheiro do gato... É uma caixa que parece ser de plástico. Acho.
— É do tipo inteligente?
— Inteligente? Bem, acho que não é elétrico nem eletrônico.

Moe desviou o olhar, pensativa, se sentindo um pouco culpada por sua falta de conhecimento. A amiga riu.

— Não, não é isso. Inteligente quer dizer que é fácil de tirar os resíduos. Geralmente tem uma gaveta no fundo, pra onde o xixi escorre. Se é uma caixa de plástico, talvez não tenha essas duas partes. Nesse caso, acho que é melhor usar a areia que endurece.

Leona se inclinou e olhou para os sacos enfileirados na prateleira.

— Lá em casa não dá pra jogar os torrões na privada, então eu descarto no lixo. Mas tem algumas areias feitas de papel, em que você pode dar descarga. E tem outras de madeira, sílica e polpa de soja. Estas são os que os filhotes podem acabar engolindo por engano.

Leona pegava um saco de areia de cada vez, examinando um por um, enquanto Moe permanece ao lado dela, sem se mexer.

Tudo o que Moe sabia sobre Kotetsu era que ele era macho, da raça bengal e tinha quatro meses. Mas bastava olhar aquela quantidade toda de tipos de areia... Pelo visto, cuidar de um gato era mais complicado do que ela imaginava.

Ela tinha que estudar tanto? Gatos eram tão difíceis assim?

Leona percebeu a cara de espanto da amiga e sorriu.

— E aí, Moe? Se fosse ficar com ele por mais tempo, seria bom ir testando e ver o que funciona melhor, mas ele não é seu, certo? Nesse caso, é melhor trabalhar com o que tem por enquanto e pegar do tipo que endurece, ou uma com grãos maiores.

— Ce-certo.

— Então vai essa aqui.

O saco que Leona escolheu tinha um grande rosto de gato estampado na frente. Estava escrito que eliminava odores, formava torrões e tinha baixa dispersão. Era feito de lascas de cedro e tinha uma forma semelhante a grãozinhos triturados de farelo de arroz integral.

— Quer procurar uma ração também? — perguntou Leona.

Ao ver as prateleiras infinitas, no entanto, Moe ficou zonza e decidiu parar por ali. A variedade era tão grande que parecia um exagero.

Após pagar, ela deu um suspiro.

— Obrigada. Sinceramente, fiquei surpresa com a quantidade de produtos.

— Te entendo. Gatos são quase divindades. Parece que as coisas pra pets estão ficando cada vez mais absurdas.

— Pois é.

Moe ficou aliviada por saber que a amiga compartilhava de sua opinião. Leona era descontraída e geralmente bem direta, não parecia ser daquelas que ficam pisando em ovos com ninguém.

Parando para pensar, quando recebeu o gato naquela clínica estranha, a primeira pessoa com quem deveria ter falado era Leona. Mas no dia estava tão preocupada com Ryūji que se esqueceu que a amiga tinha um bichinho de estimação.

— Você quase não fala do seu gato, Leona. Eu achava que donos de gatos eram pessoas melosas, que ficam postando fotos deles e tal.

— Tem muita gente assim, mas não é o meu caso. Pessoas melosas que criam gatos... — Leona se contorceu toda, como se tivesse sentido um calafrio. — Nossa gata é fofinha. Tem momentos em que é fria, mas, quando ela é carinhosa, é irresistível! — Ela esticou a coluna. — Minha gata, bom, simplesmente está lá. É só uma gata. Entende a diferença?

— Não — respondeu Moe, negando obedientemente com a cabeça.

Leona deu uma risadinha.

— Ela apenas faz parte da família. Tem meu pai, minha mãe, meu irmão, eu e a gata. É óbvio que ela é fofa. Mas, como posso dizer...? Por mais fofa que seja, ninguém fica tirando foto de cada movimento dos membros da própria família, mostrando e falando pros amigos e tal.

— Faz sentido...

— Claro que gato é gato e gente é gente. Apesar de ser a gata da família, ela parece uma criancinha. Foi meu irmão quem ganhou essa gata de um amigo, mas ela não se apegou a ele, e no fim das contas ficou mais próxima da minha mãe. Por isso, é a gata da família, mas também é mais a gata da minha mãe.

— Hum...

Descrever a gata como sendo da mãe dela era fofo, mas também nada exagerado. Moe entendeu que o lugar que os animais ocupavam variava de acordo com a família.

As duas saíram do pet shop, e Leona disse que iria para o trabalho.

— Eu queria mesmo era ir na sua casa e te ensinar mais sobre gatos, mas este mês estamos com muitas reservas de excursões escolares de outras províncias. Estou com turnos apertados até tarde da noite por uma semana. Aliás, acho que servir *yudofu* de Quioto para alunos do fundamental é luxo demais.

Existiam muitos restaurantes de *yudofu* nas regiões turísticas de Quioto. Leona trabalhava em um restaurante antigo e bem estabelecido, perto do templo Nanzenji. Quando Moe chegou a Quioto, Leona a levou para vários pontos turísticos famosos, como Arashiyama e o templo Kiyomizu-dera. No entanto, desde que começara a namorar Ryūji, elas só iam a cafés perto da faculdade, no caminho para casa. Fazia tempo que as duas não saíam para outros lugares.

Ao chegar no apartamento, o lugar estava silencioso. Na cabeça de Moe, cachorros faziam a maior festa quando seus donos voltavam para casa. Já o gato estava no quarto com a porta fechada, mas não havia sinal dele.

Ela ficou um pouco preocupada. Será que ele estava mesmo no quarto? Não se ouvia um piu. Será que o animal tinha escapado?

Moe abriu a porta delicadamente.

Levou um instante para entender o que havia ocorrido. A cortina...

A cortina rendada estava rasgada. Cheia de buracos. Em alguns lugares tinha se soltado do trilho e estava pendurada.

— Caramba, o que aconteceu?!

Moe perdeu as forças nas pernas e se sentou no chão. Tinha se preparado psicologicamente para aquilo. Afinal, no dia anterior, o gato furara o lençol. Mas, bem, ela não esperava que a cortina fosse completamente destruída. Não era mais uma cortina, mas um tecido fino esfarrapado, surrado e caído.

Quanto a Kotetsu, ele estava sentado elegantemente no beiral da janela, olhando diretamente para Moe com seus grandes olhos verde-claros. Se o quarto não estivesse fechado, ela não acreditaria que aquele gato que a encarava sem desviar o olhar era o culpado por rasgar a cortina.

E o chão estava coberto de areia de novo. Espalhada para todo lado, como se tivesse sido jogada diversas vezes.

Felizmente, o cocô estava a salvo, no meio da areia que sobrara dentro da caixa de plástico. Será que era o xixi que havia endurecido a areia? Um gato urina de duas a quatro vezes por dia e defeca de uma a duas vezes por dia. Havia dois torrões de areia, então parecia que ele tinha urinado duas vezes.

Pelo menos ele havia feito as necessidades como deveria. Mas a cortina não tinha salvação. Era melhor arranjar outra, antes que Ryūji viesse.

Assim que Moe se lembrou dele, ficou deprimida. "Será que o Ryūji vai vir? Será que vamos fazer as pazes?", perguntou-se. Ela suspirou profundamente. Então, Kotetsu desceu do beiral da janela. Talvez por causa do carpete, ela não conseguia ouvir seus passos.

O corpo dele era longo e esguio. As manchas que pareciam de leopardo se espalhavam pelas coxas e patas traseiras. O rosto pequeno era mais fofo do que agressivo, com um focinho fino.

Ele era como um modelo com carinha de bebê.

Kotetsu andou vagarosamente pelo quarto. De fato parecia estar desfilando em uma passarela, era hipnotizante. Foi andando de um lado para outro no quarto e se aproximou da caixa de plástico. Moe levou um susto.

— Espera, Kotetsu. Vou colocar a areia nova.

Ela transferiu às pressas o conteúdo da caixa para o lixo. Depois de limpar o recipiente com um lencinho úmido, abriu o novo saco que comprara. E então sentiu o aroma de cipreste japonês.

— Que cheiro bom. Essa aqui com certeza é melhor.

Também tinha um cheiro bom ao colocar na caixa. E o melhor de tudo: não levantava poeira. Que ótimo, tudo graças a Leona.

Moe gostaria que a amiga a visitasse enquanto o gato estivesse no apartamento. Queria ver Leona (que não era lá muito carinhosa) se apaixonar pela fofura de Kotetsu.

Naquele dia, ao abrir a porta da Clínica Kokoro, a enfermeira estava na recepção. A mulher era bonita, mas nada amistosa. Ela apenas levantou os olhos.

— Srta. Ōtani, pode entrar. O doutor está esperando.

O dialeto de Quioto tem uma entonação peculiar. Apesar de a enfermeira parecer indiferente, Moe notou uma familiaridade no tom da palavra "doutor". Quando foi pela primeira vez a Quioto, não sabia se o alongamento no final das palavras era algo do sotaque regional ou apenas uma informalidade. Mas acabou se acostumando a esticar as palavras até mesmo com professores e superiores.

Ela gostava do dialeto de Quioto. Achava o sotaque tão gostoso quanto a pelagem de um gato.

Seguindo a orientação, Moe entrou no consultório, onde aquele médico a aguardava.

— Olá, srta. Ōtani. Como está se sentindo? — perguntou o homem, com um sorriso.

Ela não sabia dizer se estava bem ou mal. Então, colocou a caixa de transporte com Kotetsu em cima da mesa.

— Bem... estou indo.

— É mesmo? Está indo? É normal ficar nervosa. No começo, é assim mesmo. Tudo bem ir melhorando aos poucos.

No começo? Aos poucos?

Moe levantou as sobrancelhas, desconfiada, mas ele sorriu calmamente.

— Você fez as anotações?

— Sim, fiz.

Ela entregou o caderninho, e o médico olhou com cuidado as anotações, desde o primeiro dia. Durante uma semana, Moe havia escrito detalhadamente as condições do cocô e do xixi do gato, e pensava, intrigada, no que estava sendo pedido para ela. Se não fossem instruções de uma clínica psiquiátrica, ela acharia que estavam lhe pregando uma peça.

Era terça-feira. Moe tinha trocado mensagens com Ryūji a semana inteira, mas quando recebeu a curta mensagem que dizia "Precisamos conversar, vou passar aí na volta pra casa", pensou que o gato não estava mais fazendo efeito e riu de si mesma.

— Uhum, você anotou direitinho. Você é uma pessoa bem correta, srta. Ōtani. Não fez as coisas de qualquer jeito só porque era o gato de outra pessoa. Tem gente que é assim. Só vê as coisas do próprio jeito e as distorcem ao seu bel-prazer.

— Distorcem as coisas?

Ela inclinou a cabeça, sem entender o que o médico queria dizer. Ele estava falando sobre a "Caderneta de gatos"? Tipo falsificar a quantidade de cocô ou quantas vezes deram ração? Ou então pular algum dia de registro?

O médico ainda olhava a caderneta. Ele parecia verificar minuciosamente as informações.

— Alteram alguma coisa para a própria conveniência, sem nem perceber. A pessoa nem nota que está distorcido porque não sabe nada a respeito daquilo. Hum, não teve nenhum problema até o segundo dia, mas o terceiro parece ter sido difícil. O que aconteceu?

Apesar de ter baixado os olhos e aberto um ligeiro sorriso, a voz do médico estava séria.

De repente, Moe entendeu. Aquilo não era piada. Era o tratamento daquela clínica. Assim como o médico, ela respondeu com seriedade:

— Neste dia, mudei a areia do gato. Fui ao pet shop e comprei uma de madeira.

— É mesmo? E aí?

O médico levantou o rosto. Sorrindo, ouviu o que Moe dizia.

— Eu achei que... era boa. Tinha um cheiro bom, e no saco dizia que não espalha, então achei que era boa. Mas...

— O gato não gostou.

— Pois é.

Conforme falava, ela se lembrou do aroma do cipreste. Era como se tivesse o granulado de madeira ali no consultório. Tinha um cheiro bom e dizia que eliminava odores. Kotetsu, porém, não se aproximou mais da caixa depois que ela trocou a areia. Naquela noite, o gato apenas encarou a caixa de longe, deitado.

"Mas ele vai se acostumar."

Com esse pensamento em mente, a manhã chegou, mas a areia ainda estava tão lisinha quanto no momento em que foi colocada, intocada por Kotetsu. Parecia que ele ainda não estava com vontade de fazer as necessidades. Sem se preocupar muito, ela trocou água e ração e foi para a faculdade. Assistiu às aulas normalmente, almoçou com as amigas e voltou para casa à noite. Então viu a caixa de plástico e se desesperou.

A areia estava do mesmo jeito que tinha deixado. Não havia sinais de pegadas nem nada.

Moe ficou preocupada. Ela viu on-line que gatos são propensos a terem doenças urinárias. Não era bom sinal que a caixa estivesse intocada desde a noite anterior.

— Mas ele fez direitinho. Só que em outros lugares — confirmou o médico enquanto olhava o caderninho.

Moe assentiu.

— Sim. Na caixa de papelão.

Quando rastejou pelo quarto para procurar, a caixa de papelão que pretendia jogar fora estava molhada. Mesmo com esse incidente, o alívio ao encontrá-la foi maior que o incômodo.

— Depois disso, voltei a usar a areia que vocês me deram — explicou ela.

— Hum, parece que foi complicado. — Com uma expressão séria, o médico fechou a caderneta delicadamente. — Para alguns gatos, o cheiro da areia é impossível de ignorar. Se eles não gostarem, não vão usar a caixa. A questão não é se o cheiro é bom ou ruim. A parte mais difícil é que gatos também têm suas preferências. A areia pode não parecer grande coisa, mas é um elemento importante que ocupa boa parte da vida do gato. A areia… é a própria essência do animal.

O médico falava com seriedade. Moe ficou atônita, sem entender exatamente o que estava sendo enfatizado.

— De qualquer forma, parece que o gato cumpriu seu papel durante essa semana — comentou o doutor. — Bom trabalho.

Ele olhou para dentro da caixa e sorriu com gentileza para Kotetsu. Então, pegou a caixa.

— Ah... — deixou escapar Moe.
O médico percebeu e parou.
Ao pensar naquela semana, ela sentiu os olhos lacrimejarem. Havia uma beleza selvagem em Kotetsu. Era difícil se aproximar do bicho, e ela não conseguia fazer carinho nele como fazia no gato dos avós. Apesar do rosto pequeno, seu corpo era esguio, e, quando se deitava, parecia estranhamente alongado. Moe tinha medo de tocar na cabeça dele, mas acariciava devagar o corpo magro do felino. Traçava delicadamente uma linha dos ombros até a lombar, e então até a ponta do rabo.
A pelagem brilhante de leopardo era realmente bela.
— Tchau, Kotetsu. Tchau, tchau.
Lágrimas começaram a escorrer pelo seu rosto. Kotetsu estava deitado na caixa, fitando Moe. Ela ficou feliz ao ver que ele olhava para ela.
— Então tchau! Sra. Chitose, poderia levar o gato? — pediu o médico, olhando para a cortina branca atrás dele, e a enfermeira antipática entrou.
"Ah, Kotetsu está indo embora..." Moe esticou a mão inconscientemente, mas parou.
A enfermeira trazia uma caixa de transporte.
— Você é muito prestativa, sra. Chitose — disse o médico. — Trouxe outro gato.
— Doutor, esse gato também precisa de supervisão — anunciou a enfermeira secamente, entregando a outra caixa ao médico, enquanto pegava a de Kotetsu. E então saiu.
O doutor virou a portinha da caixa para Moe. Mais uma vez, havia um gato lá dentro.
— Desta vez, você vai ficar com este aqui por uma semana, está bem?
O gato olhava de trás da porta telada. Tinha orelhas triangulares e olhos grandes. Suas manchas castanhas eram mais claras que as de Kotetsu, e suas listras eram distintamente pretas.

Moe olhou para o médico, sem entender. Ele sorria.

— Hum... Esse também é bengal?

— Sim. Eles são parecidos, mas têm características diferentes.

— Então vou continuar com um gato?

— Vai. Você não está curada, né? — questionou o médico, de modo firme. — Você vai ficar com esta gata por uma semana. E, da mesma forma, gostaria que você registrasse tudo o que ela come e tudo o que sai. Vou te dar a receita, depois é só pegar as coisas na recepção e voltar para casa.

Mais uma vez, o médico empurrou a caixa com a gata em sua direção. Moe não conseguia acreditar que havia recebido um animal novo. Ao sair do consultório, em transe, ouviu a enfermeira chamando seu nome. Assim como da outra vez, ela lhe entregou a mesma sacola pesado de papel com as instruções dentro.

"Nome: Noelle. Fêmea. Idade estimada: cinco meses. Bengal. Alimento: quantidade adequada de ração de manhã e à noite. Água: fornecer regularmente. Limpeza das fezes e urina: quando necessário. Gatos geralmente urinam de duas a quatro vezes por dia e defecam de uma a duas vezes por dia. Prestar atenção na cor, no cheiro, na forma e na quantidade. Para evitar problemas urinários, gatos e humanos devem fazer suas necessidades em um ambiente sem estresse. Isso é tudo."

Mais uma vez, a única indicação específica era sobre o uso do banheiro.

— Com licença...

— Se tiver alguma dúvida, pergunte ao doutor. Melhoras.

A enfermeira, impassível, realizava outras tarefas administrativas. Moe, no entanto, insistiu:

— Esta areia é diferente da outra...

— O que não souber, pergunte ao doutor. Melhoras.

— A areia...

— Melhoras.

— É a essência do gato.

— Melhoras.

A enfermeira não exibia qualquer expressão no rosto. Aquela mulher era impossível de interpretar. Moe fez menção de voltar para o consultório, a fim de perguntar ao médico a respeito da areia, mas, nesse momento, a enfermeira a interrompeu abruptamente.

— O dr. Nike está esperando o paciente com hora marcada. Se quiser perguntar alguma coisa, eu respondo.

Ela disse para perguntar ao médico e agora parecia culpar Moe por tentar voltar ao consultório. Que mulher confusa! Moe se irritou. Contudo, como a outra estava tão firme, ela engoliu a insatisfação.

— É sobre a areia. Esta aqui.

Ela puxou o saco e o colocou em cima da bancada da recepção. Diferentemente de antes, essa era de celulose.

— Talvez ela não goste dessa. O Kotetsu só usava aquela em que os grãos pareciam cascalho.

— Ah — disse a enfermeira, compreendendo a questão. — Sobre isso, ela só vai descobrir se testar. Pelo tamanho ou pela sensação nas patas.

Então ela olhou para a palma da própria mão.

— É tipo a sensação de segurar algo com força. Não gosto dos mais duros, mas tem gente que gosta. O dr. Nike, por exemplo, prefere mais duro. Ele disse que gosta da sensação áspera no bumbum.

"Será que ela estava falando de papel higiênico?", perguntou-se Moe, inclinando a cabeça enquanto ouvia. O dr. Nike era médico, a sra. Chitose era enfermeira. Ela não se importava com a preferência de papel higiênico deles.

— Você pode me dar um pouco da areia de antes? Vai ser um problema se ela não usar a caixinha.

— Leve o resto da que você utilizou — disse a enfermeira, desaparecendo da janela da recepção.

Qual era a estrutura daquela clínica? O prédio era vertical e não parecia ter muita profundidade. Para uma clínica, o consultório era apertado demais, simples demais. De repente, Moe se lembrou do pet shop que visitara com Leona. Era como uma selva de prateleiras, todas tomadas de produtos para animais de estimação. E devia haver demanda para aquilo. Mas ela não achava que os animais precisassem de todas aquelas coisas. Talvez metade delas fosse apenas para satisfazer o ego humano.

A enfermeira voltou e lhe entregou o que sobrara da areia de Kotetsu.

— Teste tipos diferentes. Se tiver alguma dúvida, é só voltar.

O tom da enfermeira era frio, mas não de desprezo total. Aquela era uma clínica estranha, tudo parecia caótico.

Só que agora Moe tinha a areia de antes, a nova e o granulado de madeira em casa. Com três tipos, estava confiante de que a gata iria gostar de algum. Então, Moe saiu do prédio, carregada de sacos.

Ao chegar em casa e abrir a portinha da caixa de transporte, a gata colocou apenas a cabeça para fora. Suas manchas castanhas eram de fato mais claras que as de Kotetsu, o rosto era redondo e seu pelo era mais longo. As listras também eram distintas e intensas. Apesar de serem da mesma raça, suas feições eram completamente diferentes. Os olhos dela eram grandes, mas pareciam caídos. Pelo seu jeitinho, era uma garota determinada.

— Prazer em conhecer você, Noelle — disse Moe, se agachando para olhar nos olhos dela.

Quando ela pensou que Noelle ia se deitar, a gata saiu em disparada feito uma bala, mas dessa vez não foi para debaixo da cama: ela subiu para o varão da cortina. Em um segundo. Que veloz! A gatinha escalou a parede sem nenhum apoio e se sentou habilidosamente no trilho fino; mas aquilo era demais. Moe entrou em pânico.

— Não faz isso, é perigoso! Sai daí!

Ao estender os braços para pegá-la, Noelle estreitou as orelhas e mostrou os dentes. Moe recolheu os braços depressa. Que medo.

Ela se encolheu diante das presas afiadas da gata. O gato dos avós tinha um rosto grande e, apesar do rosnar mal-humorado, raramente mostrava os dentes. Essa foi a primeira vez que Moe se sentiu intimidada por um felino. Se encostasse na gata, provavelmente seria mordida ou arranhada.

Ela desistiu de fazer a gata descer dali e colocou água e comida para o animal. Então encheu a caixa com a areia do tipo que Kotetsu usou, colocou os três vasilhames um ao lado do outro e observou de longe.

Moe ficou esperando, mas Noelle não descia de jeito nenhum. Ela se abaixava no trilho, andava um pouquinho para a frente, e então voltava. Quando seu traseiro chegava na ponta do trilho, para não deixar a patinha pendurada, voltava para a frente.

— Por acaso... você não está conseguindo descer? Mesmo sendo uma gata?

Seria bom se descesse se apoiando na parede, da mesma forma que havia feito ao subir, mas ela parecia não conseguir. Apenas olhava para o chão com tristeza. No entanto, quando Moe esticava o braço, Noelle visivelmente não gostava e se afastava.

— Então por que foi subir aí? Ah, não pode ser... O que eu faço?

Quando procurou por "gato trilho de cortina" no celular, tudo o que aparecia eram imagens de gatinhos fofos dormindo no trilho da cortina, ou artigos falando que gatos gostam de subir nos trilhos das cortinas. Mas parecia que eles não eram bons em descer de costas. Para Noelle conseguir descer de frente, Moe tinha que colocar um apoio em uma altura em que a gata não ficasse com medo.

O problema é que ela não tinha banquinhos nem escada. Ou qualquer outra coisa alta que um gato pudesse usar como suporte para descer.

— Ah, a minha mala! — lembrou.

"Boa ideia!", pensou Moe, abrindo o armário. A mala estava guardada no fundo e, ao puxá-la para a frente, uma pilha de roupas e bolsas caíram em cima dela como uma avalanche; mas ela apenas jogou tudo para o lado e forçou a mala para fora. Com isso, Noelle conseguiria pular.

— Aqui, Noelle!

Quando se virou, animada, reparou que Noelle estava perto dos seus pés, com a boca bem fechada, olhando para Moe. Então, andou pelo quarto com movimentos sinuosos e começou a comer a ração.

"Ah, ela está comendo."

Atônita, Moe assistiu àquela cena, desejando que Noelle tivesse descido antes de pegar a mala. Pela bagunça do lugar, parecia que estava de mudança. Mesmo assim, ficou aliviada ao ver a gata bebendo água.

Noelle era menor que Kotetsu, e o dorso era repleto de manchinhas irregulares. Sua lombar e patas eram listradas de preto. Exceto pela parte das costas, poderia dizer que ela era uma gata listrada.

O padrão nas costas era interessante, diferente das manchas de leopardo. O que era? Havia círculos grandes e pequenos. Não conseguia ver com nitidez por causa do pelo comprido, mas havia quatro pontos distorcidos nos círculos.

— Noelle... Parece que alguém pisou em você — comentou quando percebeu, achando graça.

O padrão era igual à pegada de um animal. Parecia o formato de uma patinha de gato.

Moe riu sozinha observando a fofura daquilo. Noelle ergueu a cabeça do pote de água e a inclinou, estranhando o comportamento da humana.

Mais uma semana com um gato. Foi inesperado, mas ela estava feliz e tranquila.

Mas o sorriso sumiu com o som do interfone. Essa não. Era Ryūji.

Ao encarar a cena diante de si, viu aquela bagunça espalhada por todo o chão. Não tinha como esconder aquilo. Não existia outro jeito; ela fechou a porta do quarto e se dirigiu para a entrada.

Assim como na semana anterior, Ryūji estava ali em pé com uma expressão constrangida. Por causa da bagunça, Moe não queria que ele entrasse. Porém, antes que pudesse impedir, Ryūji olhou para dentro e ficou horrorizado.

— O que aconteceu? Tá uma zona.

— Pois é... gatos fazem isso...

— O que o gato fez?

Ryūji franziu a testa. Quando entrou no apartamento, olhou desconfiado para a bagunça no chão.

— Cadê o gato? O que aconteceu? Tá tudo bem?

— Ela está lá atrás.

Preocupado, Ryūji abriu a porta do quarto. Procurou por Noelle, mas não a encontrou.

— Ué, pra onde ela foi? — disse Moe. — Noelle? Noelle?

Ela olhou embaixo da cama, tirou o cobertor, mas nem sinal da gata. Será que tinha se escondido em algum canto? Olhou em todos os lugares, e então levou um susto: Noelle havia subido novamente no trilho da cortina.

— Noelle! Por que você subiu aí?

A gata estava deitada com a barriga e as patas no trilho estreito. Seu rabo listrado estava pendurado, balançando.

Moe refletiu que, se tentasse alcançá-la de novo, ela ficaria brava. A jovem a observava com uma expressão preocupada, esperando que a gata descesse sozinha mais uma vez, quando Ryūji parou ao seu lado.

Ele parecia cismado.

— Que estranho, a cor dele está diferente.

— Sim. É outra gata.

Pela voz e o olhar de Ryūji, percebia-se que ele estava nitidamente desconfiado. Será que estava preocupado em relação a como ela desceria do trilho da cortina?

— Essa gata também veio da clínica. Eles me deram comida e areia direitinho, além da caderneta de remédios... Quer dizer, a caderneta de gatos.

— Sei... — Ryūji examinou o quarto como se estivesse investigando. — E aquilo?

Seu olhar estava fixo na mala que Moe havia tirado do armário. Ops. Ela deveria ter arrumado as coisas. Uma mala no quarto bagunçado. Não era à toa que ele estava achando estranho.

— É que eu tirei pra fazer um negócio, já ia arrumar...

— Acabaram de te dar um gato pra cuidar. Não é errado viajar agora?

— Hã?

Moe ficou perplexa com aquele comentário inesperado. Ryūji não fez contato visual.

— Sabe, Moe... Não sei o que tá acontecendo, mas é melhor não se comprometer com algo assim sem pensar direito. É difícil cuidar de bichos.

— Não é isso. Ela foi receitada pela clínica. A Clínica Kokoro.

— Hum, sei. Então tá.

O rumo da conversa não ia bem. Mesmo encarando Ryūji, ele não olhava para ela.

"Ryūji está preocupado. Ele não confia em mim."

— Desculpa. É melhor eu ir embora. Nós conversamos depois... quando você estiver mais calma.

Ryūji deu uma risadinha e foi embora. Moe ficou imóvel por um tempo. Estava surpresa com a atitude dele.

De fato, era uma história estranha. Uma clínica psiquiátrica que receita gatos e os trocava semanalmente. No entanto, pela forma como ele tinha falado, parecia que Moe pegava gatos e depois simplesmente os abandonava. Mesmo que ela não fosse exatamente confiável, ou que fosse imprevisível, aquilo era demais.

Quando Moe se deu conta, Noelle estava perto dos seus pés de novo, olhando-a com aqueles olhos dourados.

— Noelle, graças a você, parece que a conversa sobre o nosso término ficou pra depois.

Quando ela se agachou, Noelle levantou a ponta do nariz. Mais uma vez, tinha conseguido evitar o término por conta de um gato.

"Mesmo assim, por que será?"

Ela se sentia muito triste.

Leona ouvia em silêncio a história de Moe em uma cafeteria. Ela franziu a testa e apoiou as costas no encosto da cadeira.

Era sexta-feira, e as duas tinham ido a um café na avenida Karasuma-Bukkōji. Elas sempre se encontravam na faculdade, mas os doces em lojas populares eram outra história. O cheesecake basco fazia a viagem valer a pena. Muitos restaurantes conceituados de Quioto se vendiam como casas discretas ou no estilo tradicional, criando um clima de lar e comércio no mesmo lugar; o café em que estavam exalava esse ar antigo. Tinha recebido quatro estrelas nos sites de avaliação.

— Como fazer o gato se sentir confortável para usar o banheiro? É isso? — perguntou Leona, com uma expressão séria, enquanto cortava o cremoso e macio cheesecake basco de *matcha* com um garfinho.

— Aham — disse Moe, que pedira um cheesecake de *sakura*. Ao cortar com o garfo, o interior tinha um leve tom de rosa. — Acho que ela não gostou nada.

— Mas, desde que ela foi pra sua casa, você verificou as coisas direitinho?

— É lógico.

Moe continuava escrevendo em detalhes na "Caderneta de gatos" o que a gata comia e defecava. E havia começado a tirar fotos com o celular.

— O que você acha? Não me parece ruim — perguntou ela, exibindo várias fotos a Leona.

— Aham. É. Mas não precisa me mostrar.

— Ela faz o "número 2" certinho, mas se comporta de modo um pouco diferente a cada dia. Quase não encosta na areia, ou deixa um pouco no canto da caixa, ou faz pelo quarto. E parece que ela me chama depois que vai ao banheiro. Ela me olha como se quisesse me dizer algo.

— Entendi — grunhiu Leona, com uma expressão séria.

Haviam se passado quatro dias desde que Moe levara Noelle para casa. Ela era ainda mais travessa que Kotetsu e se interessava por tudo o que conseguia tirar do lugar. A capinha do celular foi destruída imediatamente. Noelle arrancara todo o enchimento das almofadas. Havia transformado o trilho da cortina em seu lugar de descanso. E a gata sempre subia no colo de Moe e esfregava a cabeça e o corpo nela, mas quando a garota tentava fazer carinho, Noelle fugia.

O que preocupava Moe, no entanto, era o comportamento enquanto fazia suas necessidades. Noelle não cavava a areia vigorosamente, assim como Kotetsu, e apenas rodeava e cheirava tudo. Só que ela não conseguia se acalmar. Era estranho, Noelle simplesmente começava a sair correndo depois de usar o banheiro.

— E a areia? Está usando a que comprou?

— No começo, coloquei a primeira areia que a clínica deu, que parecia cascalho. Depois, coloquei a nova, de celulose. Mas não sei, ela parecia meio chateada. Então ontem coloquei a de madeira. Ela usa, mas parece bem relutante.

Moe não esperava sentir aquele aperto no peito ao ver a gata desanimada, com os bigodes caídos. Noelle ficava com a boca bem fechada e os olhos arregalados, quase inexpressiva, mas o bigode caído em desânimo passava uma sensação de melancolia.

— Se ela usou vários tipos de areia, talvez o problema não seja a areia, e sim alguma outra coisa. A comida, por exemplo.
— A comida?
— É.
Leona colocou o último pedaço de cheesecake basco na boca.
— Estou pensando em uma coisa desde que chegamos. Nossos lugares parecem errados.
— Ah... Por causa do banheiro?
Moe também percebeu. O restaurante tinha mesas e lugares no balcão, mas elas estavam sentadas na mesa perto do banheiro, de onde clientes iam e vinham. As pessoas faziam fila na porta, e, mesmo sem querer, entravam no campo de visão delas.
— Bem, está cheio, então não tem muito o que fazer. Mas ver o banheiro enquanto come não faz o apetite diminuir? E quem usa o banheiro também presta atenção ao seu redor. Assim como os humanos, alguns gatos podem não gostar que o banheiro e a comida estejam próximos.
— É mesmo, eu coloquei tudo no mesmo cômodo: comida, água e banheiro, um do lado do outro.
— Então tenta separar as coisas. Talvez colocar em um lugar que o cheiro não alcance.
— Uhum, vou fazer isso.
Em um piscar de olhos, Moe sentiu seu horizonte expandir. Era verdade. Ela precisava ser mais criativa e tentar coisas diferentes.
Moe admitia que, quando implicava com algo, podia ser bem cabeça-dura. De repente, se lembrou do que aquele médico falou. Ele disse que Moe era uma pessoa correta. E que existiam pessoas que viam as coisas apenas do próprio jeito e as distorciam da maneira que lhes era mais conveniente.
As pessoas não deviam fazer aquilo por mal. Mas ela ficou pensando. Há momentos em que você acha que está andando em uma linha reta, mas, quando se dá conta, está andando torto. Será que às vezes ela mesma não acabava desviando quando a intenção era seguir em frente?

As duas saíram do café. Leona ia trabalhar à noite, mas como ainda tinha algum tempo, elas foram fazer compras na avenida Shijō.

— Ei, a clínica esquisita que você vai não é muito longe daqui, é?

— Não, é perto da avenida Teramachi.

— É legal que receitem gatos, mas não é estranho? Meu irmão mais velho trabalha em um abrigo de resgate de gatos, então fiquei curiosa. Podemos ir lá rapidinho?

Leona parecia muito interessada. Moe não achava que era uma boa ideia levá-la até a clínica se ela fosse tirar sarro do lugar, mas tudo bem só dar uma olhada. Moe seguiu para norte na avenida Karasuma. Atravessou a avenida Shijō, e virou a leste na avenida Takoyakushi. Foi pelo sentido oposto de quando chegou à clínica pela primeira vez.

— Essa clínica é anexa a algum hospital veterinário ou a um pet shop?

— Hum, acho que não. É só um consultório em um prédio pequeno.

— Então de onde trazem os gatos? Será que esse médico cria os bichinhos? Que clínica estranha.

— É estranha mesmo.

Moe riu ao falar isso, mas, pensando bem, era mesmo uma história peculiar. Não foi à toa que Ryūji duvidou dela. Ao pensar nele, fechou a cara.

— O que foi? Está com uma cara séria.

— É por causa do Ryūji. Ele disse que vai passar lá em casa de novo na terça que vem.

— Você não quer vê-lo?

— Não é bem isso...

Moe baixou o olhar. Se era para terminarem, não queria vê-lo. Isso parecia contraditório? Mas a verdade é que não achava que a conversa seria agradável.

Leona olhava para a frente, apesar de prestar atenção em Moe.

— Não gosto de criticar o namorado dos outros — comentou.

E então, continuou andando em silêncio. Depois de algum tempo, Moe riu.

— Tudo bem, pode criticar.

— Mesmo? Então vou falar. Já faz um tempo que penso isso, mas acho um absurdo obrigar a namorada a faltar à faculdade toda semana porque só tem tempo para encontrar com ela em dias úteis. Se você não passar nas matérias, o que ele vai fazer? Vai se responsabilizar por isso? Pronto, minha crítica acabou.

Leona estava fazendo aquilo de propósito, não? Estava dando uma indireta.

As duas seguiram andando, caladas.

Se fosse um tempo antes, Moe teria defendido Ryūji, mas agora algo crescia em seu peito.

— Tem razão. Ele não vai se responsabilizar.

— Pois é. Por isso, fiquei feliz que você está indo pra faculdade esses dias. Mas, bem, eu também priorizo mais meu trabalho do que as aulas, então não posso falar muita coisa. Ué? Já estou vendo a avenida Teramachi... Nós passamos?

— Ah, é verdade. Acho que não passei pela avenida Fuyachō.

Moe olhou para trás, por onde tinham vindo. Em Nakagyō, as ruas e avenidas parecem formar uma malha quadriculada com ruelas. As avenidas Karasuma e Kawaramachi são largas, então não tinha como errar, mas ela não se lembrava da localização das ruas pequenas. A avenida Fuyachō segue de norte a sul. Uma rua a oeste é a Tomikōji. A distância entre as duas era de, no máximo, cinquenta metros.

Elas não tinham passado pela ruela — era aquele beco úmido que não estava lá.

Moe parou entre as duas ruas.

— Ué?

— Talvez seja no outro lado, não? As coisas aqui são confusas.

— É... — Sua memória não era muito precisa. — Pode ser isso... acho.

— Vamos tentar por ali — sugeriu Leona, sem parecer se importar, tomando a iniciativa e indo rumo ao norte, saindo na avenida Rokkaku.

De lá, elas deram a volta na área. Foram de um lado para outro, de norte a sul, leste a oeste. Por mais que procurassem, no entanto, não encontraram aquele beco.

— Por quê? Por que não está aqui?

— Sei lá. A gente deveria ter procurado na internet desde o início. Como é o nome da clínica?

— Clínica Kokoro. Mas era para ser por aqui. Eu fui lá duas vezes!

— Aqui é confuso. Mesmo tendo crescido em Quioto, também me perco sempre. Clínica Kokoro, né? Bem, bem... hã?!

— O que foi!?

— Não existe — respondeu Leona, arregalando os olhos. — Não tem nenhuma. Não tem site e não está na lista de clínicas. Nem tem recomendações. É impossível não ter nenhuma recomendação.

A lembrança de Moe era vaga. Não tinha outras informações que pudesse dar.

Ela foi ficando cada vez mais ansiosa. Mas com certeza aquilo não tinha sido um sonho. Noelle estava em casa, esperando Moe voltar.

— Ah! Achei! — disse Leona.

Moe pulou para ver o celular.

— Cadê?

— Clínica do dr. Kokoro. Diz aqui que o dr. Kokoro Suda, da Clínica Veterinária Suda, em Nakagyō, é um veterinário muito gentil e bem-conceituado... Como assim? É um hospital veterinário? Que confuso.

Moe ficou decepcionada com o erro. Depois disso, as duas procuraram pela região, e até na internet, mas não encontraram nada.

— Bem, sei lá... Está na hora do meu trabalho. Por ora, desisto.

Leona parecia indiferente, mas Moe estava nervosa. Era como se fosse uma mentira, ou uma ilusão.

— Leona, a clínica existe mesmo. Sério, eu peguei os gatos de lá. Ao contrário do que a amiga esperava, Leona pareceu surpresa.

— Lógico. Se não existisse, seria uma dessas coisas sobrenaturais. Seria assustador. Enfim, o mais importante é o banheiro da gata. Conforto e limpeza são coisas básicas.

— Obrigada — disse Moe.

Aliviada, ela sentiu os olhos lacrimejarem. Era isso. Ao chegar em casa, procuraria um lugar sem cheiro, em que Noelle pudesse se sentir tranquila. E faria o ar circular. Se a gata estivesse estressada, também poderia acabar sendo estressante para a própria Moe, mesmo que não se desse conta.

O prazo para a devolução era na terça-feira. Dessa vez, Moe não levou a areia que sobrou. Se precisasse devolver, ela pagaria pelo produto.

Ali estava o beco. Realmente era só virar no cruzamento das avenidas em que ela e Leona deram voltas no sábado. Mais do que encontrar o local, ela simplesmente percebeu que a rua estava lá.

Ao abrir a porta da clínica, viu a enfermeira sentada na recepção. A expressão dela era fria, e o semblante antipático ressaltava sua beleza. Ao mesmo tempo, a mulher exalava uma presença feminina. E, de fato, parecia ter mil anos, tal como representava a tradução do seu nome, Chitose. O nome também era bonito, por isso Moe se lembrou.

— Srta. Ōtani, pode entrar no consultório — indicou a enfermeira.

Ela entrou, como fora instruída, e o médico a esperava. Ele tinha um nome diferente, Nike. Moe se sentou na cadeira e, mesmo sem dizer nada, assentiu.

— Ah, entendo, srta. Ōtani. É complicado quando o gato está fazendo efeito. Falta só mais um pouco.

— Isso quer dizer que...

— Primeiro, me mostre a caderneta.

Ela entregou o caderninho e o médico o leu meticulosamente, assim como na semana anterior. Moe estava com a caixa de transporte de Noelle no colo.

— Ora, ora. Parece que ela usou vários tipos de areia a contragosto, né? Mas não esqueça que desgostar é um traço forte. Essa é daquelas gatas com quem temos que adivinhar as coisas? Do tipo difícil, né?

Era como se ele estivesse fazendo uma análise de personalidade. Noelle soltou um miado de dentro da caixa.

— Ah, perdão. Eu gosto de garotas, sim, na verdade. Eu tenho uma tendência a tentar prever o que querem e tomar a iniciativa. Mesmo quando erro, logo acabo descobrindo o caminho certo. Sou um homem que entende das coisas. Agora, hum. Parece que assim que você mudou a caixa para o banheiro, ela usou sem problemas, né? O cheiro sai fácil em lugares com janelas e onde o ar pode circular. Obrigado por todo o seu esforço. Deve ter sido difícil para você entender e agradar essa menina.

— Bom...

Noelle era mesmo uma gata difícil de agradar e que não deixava ninguém chegar perto, mesmo querendo receber carinho. Era mesmo o tipo de garota com quem temos que adivinhar as coisas.

Moe, porém, não achou difícil. Ficar à disposição do outro faz parte do ato de cuidar de alguém, e cuidar de um gato requer mesmo criatividade e esforço. No entanto, a fofura que se recebe em troca vale todo o tempo e o trabalho.

— Noelle é muito boazinha — comentou Moe. — Cuidar dela não foi fácil, mas ela é uma menina muito legal.

— Que bom que vocês se deram bem. Bom, está na hora de voltar.

O médico estendeu a mão e pegou a caixa em que estava Noelle. O peso da gata no colo de Moe desapareceu.

— Sra. Chitose, poderia trazer o gato? — disse o médico, olhando para a cortina branca, e a enfermeira entrou.

Novamente, ela trazia outra caixa. E parecia ainda mais mal-humorada do que quando Moe chegou.

— Doutor, se você aceitar que qualquer pessoa que apareça fure a fila, pode acabar deixando passar um paciente com hora marcada.

O dr. Nike riu.

— Como médico, não posso perder pacientes. As pessoas podem esperar um pouquinho. Foi para isso que colocamos o sofá lá.

— Não quero nem saber — retrucou a enfermeira secamente, e então trocou as caixas e saiu.

O médico deu uma risada leve.

— Não dê bola para ela. Nossa enfermeira é muito atenciosa.

— Aham... — disse Moe, confusa.

Estava se acostumando com aquela interação peculiar, mas, ao saber que era uma paciente de última hora, se sentiu um pouco constrangida.

A caixa que estava com o médico provavelmente tinha um novo gato. Será que era o da semana seguinte? Moe se sentiu feliz e triste ao mesmo tempo.

— Hum, dr. Nike...

— Sim? O que foi?

— Sabe, é meio estranho quando gente como eu vem à clínica toda vez que tem uma preocupaçãozinha. Não tem nada de errado comigo e meus problemas não são algo que uma consulta vai resolver. "Eu não quero me separar da pessoa de quem gosto."

Ao se lembrar da razão de ter ido até lá, se sentiu deprimida. E novamente era terça-feira. Ela já não estava mais alegre.

— Não acho que existam preocupações pequenas ou grandes — afirmou o médico, virando a cabeça misteriosamente. — Não importa se o cocô do gato é pequeno ou grande. O que entra sai. Esse é o normal. Logo, se comer muito, vai sair muito. Mas se for pouco, não sai muita coisa boa, e uma hora vai ficar preso. Pequenos cocôs se acumulam onde está congestionado e uma hora isso causará problemas. É o que chamam de constipação, né?

Moe ouvia com atenção o que o médico falava, mas, à certa altura, franziu a testa. Desde quando seu problema tinha virado constipação? Será que era desde o princípio?

— Bom, se ficar com este gato por uma semana, com certeza vai melhorar. Falta pouco. Vamos fazer esse esforço.

Ao dizer isso, virou a caixinha de transporte para Moe. Pela portinha, ela novamente viu um par de orelhas triangulares e aproximou o rosto.

— Este gato... também é um bengal?

— Sim. Este gato também é um bengal — respondeu o médico, como se fosse óbvio.

Dessa vez, a cor da pelagem era diferente das que tinha visto até então. Aquele gato era praticamente preto. Um bengal preto.

"Então também tem dessa cor", pensou Moe, encarando o animal sem desviar o olhar. O bichano ali dentro era consideravelmente grande.

— Aliás, talvez seja mais difícil fazer este gato comer do que usar o banheiro.

— Hã? Será que não é a comida que vocês fornecem?

— É que ele participou de shows de gatos, então, para deixar o corpo em forma, parece que ele só comia comida caseira feita com carne de cavalo ou cordeiro. Ouvi dizer que ele se aposentou e está se despedindo da vida regrada. Então acho que vai comer qualquer coisa se ficar com fome. Enfim, melhoras.

Ao dizer isso, mais uma vez empurrou a caixinha de transporte na direção de Moe, e ela saiu do consultório.

O médico falou de forma casual, mas ela estava com a impressão de que ele havia dito algo muito importante. É difícil fazer sair, mas também é difícil entrar? Será que ela aguentaria uma semana? A enfermeira estava na recepção. Quanto mais olhava para ela, mais entendia que a mulher não era só antipática — suas palavras eram duras e seu olhar, penetrante, mas fazia isso por consideração ao dr. Nike. Moe lhe entregou a receita e mais uma vez recebeu um saco de papel que continha areia, comida e as instruções.

"Nome: Bibi. Macho. Idade estimada: seis anos. Bengal. Alimento: quantidade adequada de ração de manhã e à noite. Água: fornecer regularmente. Limpeza das fezes e urina: quando necessário. Gatos geralmente urinam de duas a quatro vezes por dia e defecam de uma a duas vezes por dia. Prestar atenção na cor, no cheiro, na forma e na quantidade. Para evitar problemas urinários, gatos e humanos devem fazer suas necessidades em um ambiente sem estresse. Isso é tudo."

A instrução era exatamente como esperava.

Nem sempre gatos aceitavam a areia de imediato. E tinha a possibilidade de não comerem a primeira comida fornecida.

A enfermeira já não olhava em sua direção. Mesmo que Moe perguntasse algo, era sua função tentar várias coisas com o gato prescrito. Iria estudar, pedir conselhos e ser criativa. Por isso, não perguntou sobre o gato dessa vez.

— Eu fiz algum paciente com hora marcada ir embora? — questionou.

A enfermeira a encarou.

— Não se preocupe. Todos fazem isso.

— Se por acaso já tiver alguma pessoa marcada para a terça-feira da semana que vem, posso vir outro dia.

— Ah. — A enfermeira baixou o olhar. — Você quer marcar um horário?

— Hã?
— Em primeiro lugar, você quer mesmo esperar? Depois de um murmúrio preocupado, a enfermeira levantou o rosto. Tinha um ligeiro sorriso.
— Ele é tão despreocupado que às vezes nem eu o entendo. E, assim como o doutor, seus pacientes também são excêntricos. Eu apenas espero pacientemente.
— Ah... é?
"Então quer dizer que não tem problema pular pacientes com horário marcado?" Moe chegou à conclusão de que a enfermeira de olhos tristes também era excêntrica. Quando se virou para ir embora, ela lhe disse de forma curta, ainda com o rosto impassível:
— Melhoras.

Bibi era maior que os dois gatos anteriores. Tinha o corpo forte, das costas até o traseiro. As pontas das patas eram tão adoráveis quanto pãezinhos pretos com tinta de lula recheados com creme, mas as patas em si eram grossas. Apesar de ser esguio, os músculos do peito eram proeminentes.

A beleza de sua pelagem lembrava veludo. À primeira vista, parecia um gato preto, mas não um preto profundo, era mais um cinza-azulado. Suas orelhas eram grandes e triangulares, e o rosto era pequeno em comparação ao corpo, com um focinho reto.

Se fosse compará-lo a um humano, ele seria um belo homem italiano.

— Se bem que eu nunca fui pra Itália... — comentou Moe baixinho, enquanto observava Bibi andar elegantemente pelo quarto.

Os movimentos do bichano eram suaves. Ele não correu para se esconder embaixo da cama nem para subir no trilho da cortina. Mas ainda precisava esperar para ver. Encarando Moe, que devia ter uma aparência entediante, Bibi deu um passo confiante em sua direção, parecendo acreditar que era mais forte, mais belo e superior em todos os aspectos.

Dava para perceber que era um gato que costumava participar de competições.

Ele bebeu um pouco de água. Já da comida fornecida pela clínica, ainda não tinha chegado nem perto. Nas duas caixas de areia, Moe colocou o granulado de madeira, deixando uma ao lado da banheira e outra em um canto do quarto. Ela comprara uma caixa de areia extra por cerca de mil ienes quando cuidou de Noelle, já que Leona havia lhe falado que era bom ter várias disponíveis.

— Bibi, não gostou da comida? Cordeiro e cavalo estão meio que fora de cogitação.

Bibi nem cheirou a comida, mas talvez ainda não estivesse com fome. Afinal, mesmo quem está acostumado com comida italiana, se tiver fome, vai acabar comendo arroz. Porém, apenas por precaução, Moe procurou receitas de comidas para gatos on-line e encontrou várias.

— Frango e vegetais? Que legal. Até que é simples, mas não dá pra deixar preparado.

Enquanto ela procurava no celular, Bibi foi diminuindo a distância. Talvez ele fosse mais fácil de lidar do que ela imaginava. Moe se aproximou silenciosamente.

No entanto, quanto mais perto ela chegava, mais Bibi se distanciava. Parecia que ele ainda não tinha baixado totalmente a guarda. Quando voltou a procurar receitas caseiras de comida de gato, Bibi se aproximou um pouco. Ele estava interessado nela.

— Vem aqui, Bibi — disse Moe, esticando a mão.

Mais uma vez, Bibi se afastou.

A cena se repetiu algumas vezes. Bibi já tinha dado umas duas voltas pelo quarto e ainda olhava para ela de uma pequena distância.

Vai ver ele não gostava que a pessoa se mexesse...

Era uma regra unilateral — se Moe ficasse imóvel, Bibi se aproximava. Então ela ficou imóvel, e Bibi se aproximou lentamente, deitando-se ao lado dela.

Ela ficou feliz só de o gato chegar perto. Encantada, viu que a pelagem preta do dorso era reluzente. Observando bem, notou as manchas de leopardo. Pareciam muito elegantes, como uma marca sofisticada italiana. Talvez não fosse suficiente para o gosto das velhinhas extravagantes de Osaka.

Bibi ficou deitado por um tempo. De repente, foi até o potinho de comida, cheirou em volta e lentamente deu uma, duas mordiscadas.

— Você está comendo, Bibi. Que bom!

Assim que se sentiu aliviada, Ryūji apareceu. Dessa vez, ela não havia esquecido. Quando viu a expressão séria dele, percebeu que tinha que fugir logo.

Ryūji entrou no quarto e paralisou ao ver Bibi. O gato se limpava com lambidas.

— Moe, assim não dá. Um atrás do outro... O que aconteceu com o anterior? Você devolveu para a loja onde comprou?

Os olhos de Ryūji se contraíram. Ele tinha entendido tudo errado. O coração de Moe doeu mais por tristeza do que por irritação.

— Já falei, eu recebi o gato de uma clínica psiquiátrica em Nakagyō. É uma clínica peculiar. Se você também for lá, vai entender. Não estou mentindo.

— Eu pesquisei, porque semana passada você falou a mesma coisa. Mas essa clínica não existe.

— É que...

As palavras lhe escaparam, e Ryūji pressionou os lábios amargamente. Ela não sabia como explicar para ele. Não havia informações disponíveis, nenhuma evidência. Mesmo que fosse lá agora, talvez não encontrasse o prédio.

Ainda assim...

— Leona acreditou em mim.

Mesmo depois que ela disse isso, Ryūji apenas levantou as sobrancelhas, desconfiado. Ambos olhavam para baixo em um silêncio desconfortável.

— Moe.

— O quê?

— É normal gatos deixarem sobras de comida?

— Hã?

Ela levantou o rosto. Ela tinha certeza de que ele falaria para terminarem, mas viu Bibi lambendo a mão de Ryūji.

— É que eu tenho um cachorro em casa e ele sempre come tudo de uma vez, sem deixar nada.

Quando Ryūji se moveu na direção do gato, Bibi fugiu rapidamente. Ele se agachou na frente do pote.

— Tem bastante comida ali. Isso é normal?

— Não sei se é normal... mas, até agora, todos fizeram isso. Eles comem aos pouquinhos.

Apesar de dizer isso, a porção que Bibi tinha comido havia sido mesmo muito pequena. Talvez estivesse sendo seletivo, como o médico falou. Porém, quando Ryūji mencionou esse fato, ela se irritou.

Moe realmente não era confiável. Mas ela não fugiu nem ignorou os gatos. Com os três de quem cuidara, quando ela não sabia de algo, pesquisava e refletia. Ela também lidara de frente com todas as dificuldades. Moe tinha parado de usar sua falta de confiança como desculpa para fugir dos problemas. Não aguentava mais ter de adivinhar o que o namorado pensava.

— Bibi está acostumado com uma dieta caseira rica em proteínas, então acho que ele não gosta muito de comida de gato de mercado. Vou preparar o que for possível enquanto ele estiver aqui. Afinal, é um gato precioso que foi confiado aos meus cuidados. Mas você pode ser sincero. Quer terminar comigo, não é?

— Hã?

— Eu fingi não perceber, mas vi que você está mais distante. Veio aqui para terminar comigo, certo?

Ela estava desesperada. Devia ter um jeito melhor de se expressar, mas, no mínimo, não iria chorar. Moe piscou para afastar as lágrimas.

— Como assim? Por que nós terminaríamos? — indagou Ryūji.

Ele parecia confuso. Sua resposta não era o que ela esperava, então Moe também ficou confusa.

— É que...

— Realmente fiquei mais distante, desculpa. É difícil dizer isso, mas a partir do mês que vem, vou para Tóquio. Eu fui transferido.

Ryūji afastou o olhar, parecendo constrangido.

— Se eu for realocado para Tóquio, não vamos nos ver com tanta frequência. Achei que você não iria gostar porque se sentiria solitária, por isso não consegui te falar. Não sei se você... vai ter paciência.

Transferência. Realocado. Moe estava atordoada com o rumo inesperado da conversa.

Ela viu de relance o gato preto com padrão de leopardo. Ele estava sentado em uma caixa de plástico no canto do quarto, tremendo.

"Ah, ele estava usando o banheiro. Então ele usa a caixinha no mesmo ambiente que a comida. Mais tarde vou checar e anotar de novo na 'Caderneta de gatos'", pensou ela.

O que entra sai. Esse é o normal. Talvez as pessoas fiquem nervosas porque não conseguem nem fazer as coisas normais.

Moe mostrou uma foto que tirou com o celular.

— O que acha? Não é muito pouco?

— Hum... é. Mas, sabe, acho que nunca fiquei de olho todos os dias no cocô do gato.

— Acho que a cor e a textura não estão ruins. Mas a quantidade é menor que a dos outros dois.

— Mas, segundo esse seu caderninho, não há diferença entre a quantidade que entra e a quantidade que sai. É o gato que não come muito.

Leona folheava a "Caderneta de gatos" que Moe levara. Nele havia anotações das comidas e das fezes de todos os gatos.

De fato, Bibi comia pouco. Toda vez sobrava comida no pote. Moe tentou ser criativa e dar frango cozido e legumes, além da ração fornecida pela clínica, mas ele não quis comer. E ela não podia deixar a comida caseira no potinho enquanto estava na faculdade, então deixou a ração no lugar.

— Acho que ele emagreceu desde que chegou.

— Bom, se fosse deixado com uma pessoa diferente, qualquer gato perderia um pouco o apetite. Eles não comem tanto mesmo. Você vai lá na próxima terça, né? Se chegou até aqui, é só manter o ritmo que vai ficar tudo bem. Afinal, ele está comendo e fazendo as necessidades.

Leona devolveu a "Caderneta de gatos". Era sexta-feira. Tinha virado um hábito de Moe verificar as fezes dos gatos durante o horário de almoço da faculdade. Normalmente, ela hesitaria em mostrar aquelas fotos para qualquer um, mas com Leona ela se sentia à vontade.

Será que era uma demonstração de franqueza da sua parte, ou apenas confiava totalmente na amiga? Ou talvez fosse pela personalidade de Leona?

De qualquer forma, Leona acreditava em Moe. Por isso podia falar com ela coisas que não falaria para outras pessoas. Se isso era uma relação equilibrada, de confiança mútua, talvez não fosse o caso com Ryūji.

Ryūji não havia falado sobre a transferência com ela porque era muito difícil.

— O gato é importante, mas estou curiosa sobre o seu namorado. Se ele vai para Tóquio, vocês não vão se ver tanto quanto agora.

— Sim... Ryūji tem folga em dias úteis, então seria difícil nos vermos uma vez por semana, talvez até uma vez por mês. Por isso ele não conseguia tocar no assunto. Porque disse que eu ficaria solitária e não teria paciência.

— Como assim? Que rude. Quem não teria paciência seria ele. Ele faz a namorada faltar à faculdade toda semana. Leona estava brava. Mas fora Moe quem a fizera pensar assim. Tinha sido desonesto.

— Desculpa. Ryūji não tem nada a ver com isso. Eu faltava por conta própria — admitiu, finalmente.

— O quê?

— Ryūji falou que não era bom eu faltar às aulas. Mas eu queria ficar com ele. Não é à toa que ele não confia em mim e me acha muito dependente. Ele não conseguiu me falar da transferência antes porque achou que eu ficaria doente de estresse por ficar sozinha. Na verdade, acabei atraída para aquela clínica estranha porque estava em um momento complicado.

Ela deixara um pequeno mal-entendido se tornar um problema. No entanto, mesmo sendo um pequeno mal-entendido, isso a preocupava. Moe deveria ter perguntado para Ryūji o que estava acontecendo assim que percebeu o comportamento estranho. Fugir dos problemas não leva à solução dos mesmos.

— Ah... — Leona assentiu. — Você arranjou um bom namorado. Quando você disse que foi amor à primeira vista, imaginei que ele fosse só um rostinho bonito. Também peço desculpas.

— Não, eu que falei coisas que acabaram gerando um mal-entendido. Fico feliz que você tenha ficado brava. Também fico feliz por me dar tantos conselhos. Obrigada.

— Você é tão sincera... É raro eu dizer "obrigada" — comentou Leona, parecendo envergonhada. — Bom, acho melhor você mostrar as fotos de cocô de gato só pra mim. É meio exagerado isso.

— Certo. É verdade.

— Outra coisa que lembrei quando você falou de estresse... Será que não está comendo pouco por não se exercitar o suficiente? Não você, o gato. É um bengal, né? Eles gostam de exercícios físicos.

— Exercícios?

Foi então que ela se deu conta: comparado aos outros dois, Bibi era bem menos travesso.

— Talvez seja melhor você brincar mais com esse gato. O que você acha?

— Mas ele foge toda vez que chego perto!

— Gatos são assim mesmo. Você precisa acabar com essa distância. Por que não arranja uns brinquedos? Aquelas varinhas que parecem a planta rabo-de-gato são surpreendentemente eficazes. Se você ainda não tem uma, dá pra comprar na volta pra casa, que tal?

— Ótimo!

— Quanta animação! — disse Leona, rindo alto.

Quantas vezes ela fora ao pet shop naquele mês? Nem estranhava mais o tamanho do lugar...

Quando voltou para casa, Bibi saiu do fundo do quarto. Ele colocava lentamente uma pata na frente da outra e, apesar de ser macho, parecia uma madame charmosa vestindo um casaco de pele preto.

Todos os objetos que não podia encostar estavam guardados, então Bibi podia andar livremente pela sala de jantar. Parecia calmo para um bichano de seis anos, e a cortina e os lençóis estavam intactos.

— Bibi, você é tão bonzinho — disse Moe, esticando a mão.

Mais uma vez, Bibi ficou imóvel. Verdade, ela não podia se mexer, tinha que ser no ritmo dele.

Por fim, ela pegou a varinha de gato que comprara mais cedo, uma haste longa e fina, com várias cordinhas coloridas penduradas na ponta. No pet shop havia uma infinidade de brinquedos, como almofadas eletrônicas e bolinhas que piscam, e até um circuito de bolinhas de que até crianças poderiam gostar. Tudo parecia muito legal, mas Moe seguiu o conselho de Leona de que os brinquedos simples são os melhores e pegou a varinha, que bastava sacudir para brincar.

Moe se abaixou e balançou a varinha. Bibi ficou encarando. Aquele olhar... Ele definitivamente estava interessado. "Está funcionando", pensou ela.

Enquanto Moe balançava a varinha da direita para a esquerda, ele foi se aproximando lentamente. Até que Bibi arregalou os olhos e agarrou a varinha — um pouco antes de ela tocar no seu nariz, ele esticou a pata com uma velocidade assustadora e puxou a ponta das cordinhas. Ele segurou as cordinhas com a boca e em um instante puxou a varinha da mão de Moe, levando-a para longe.

Em questão de segundos ele havia capturado o brinquedo.

O gato deitou e ficou ali distraído, mordiscando e arranhando as cordas. Ele definitivamente estava brincando, mas não se mexia muito.

— Imaginei que algo assim fosse acontecer — comentou Moe, rindo sozinha.

Ela tirou outra varinha da bolsa. E mais uma.

— E agora? Varinha em dobro!

Ela segurou uma varinha em cada mão. Bibi deixou as cordinhas caírem da boca. Pelo visto, gatos também ficavam admirados.

— Vem! Iaiaiaaaa!

Ela balançou as varinhas ao mesmo tempo que gritou. Bibi encolheu os ombros, parecendo menor. Em seguida, pulou. Esticou as duas patas, indeciso sobre em qual das varinhas deveria cravar as unhas. Era como se estivesse celebrando, com os dois braços esticados. Talvez tivesse pensado que seria impossível capturar as duas, então pulou para cima de uma delas. Moe, porém, não desistiu e desviou do bote de Bibi com movimentos amplos, mexendo a varinha para a frente e para trás, para cima e para baixo.

— Cha-cha-cha-cha!

Sons sem qualquer significado saíam de sua boca, um atrás do outro. Ambos estavam concentrados, e Bibi puxou uma das varinhas. Só que Moe já esperava aquele movimento, então soltou a varinha e pegou a que tinha sido capturada antes. Bibi ficou surpreso mais uma vez.

As expressões de um gato... De surpresa. De raiva. De felicidade. Não eram só os movimentos. Ele mostrava que estava feliz com o corpo todo.

Por quanto tempo será que brincaram? Quando se deu conta, as varinhas estavam em frangalhos. Bibi levou apenas uma delas para longe e ficou mordendo implacavelmente, enquanto Moe se sentou, exausta. Já era noite.

— Janta... o filé de frango... preciso cozinhar.

Animada, foi para a cozinha preparar o frango. Pretendia misturar com a ração no potinho, mas, quando se virou para pegá-lo, se surpreendeu.

Bibi estava com a cabeça enfiada no pote, comendo a ração.

— Espera, Bibi! O filé de frango! Vou colocar pra você.

Ela rapidamente tirou o frango da água e esperou esfriar. Cortou em pedaços pequenos e misturou com a ração que Bibi devorava.

Moe se sentiu aliviada. Estava feliz. E muito cansada.

Acabou caindo no sono sem perceber, e acordou com o barulho do interfone. Ao olhar na câmera, viu Ryūji e rapidamente abriu a porta.

— O que foi?

— Seu cabelo tá todo bagunçado.

— Ah, é que... Espera, é a primeira vez que você vem aqui em uma sexta. Você não fica ocupado nos finais de semana, lidando com clientes?

— Fico, sim, mas pensei em falar rapidinho com você. Sabe, nós...

— Espera! — interrompeu Moe, bruscamente.

Era Bibi, que acabara de sair da caixinha do canto do quarto. Ela se aproximou lentamente para verificar e viu o dobro do cocô de sempre, coberto perfeitamente com areia.

— Está bonitinho! Muito bem, Bibi! — Feliz, Moe olhou para Ryūji. — Olha, olha! Um cocô muito bonitinho.

— Si-sim. Claro. Bonitinho, né? Que bom.

Os dois ficaram olhando para o cocô enterrado na areia.

Preocupações pequenas podem se acumular se forem deixadas de lado. Preocupações grandes precisam ser resolvidas logo para que não causem problemas. Sentindo o olhar de Ryūji, Moe virou o rosto. Ele ria.

— Vamos nos esforçar.

— Vamos, sim.

Moe assentiu. O que entra sai. Talvez não fosse fácil. Por isso, ela decidiu que iria se esforçar.

Dentro da caixa de transporte, havia um gato.

Moe se sentou na cadeira do consultório e, enquanto esperava o médico, pensou nas três semanas anteriores. Todos os gatos tinham dado trabalho. Seu apartamento ficara uma zona. Cheio de pelo e areia. E ela também ficara preocupada em vários momentos.

O médico abriu a cortina branca e entrou, com um leve sorriso no rosto. Antes que Moe pudesse dizer alguma coisa, ele pegou a caixa, pôs o rosto na portinha e falou:

— E então? Foi legal? É mesmo? Que bom. Sra. Chitose, poderia levar o gato, por favor?

A enfermeira entrou e imediatamente levou a caixa de transporte.

Foi assim, em um instante. Então, não havia mais gatos. O médico se sentou na frente de Moe, absorta, e sorriu.

— Então, como foi?

Dava para ver a gentileza em seu sorriso. Em vez de se sentir solitária sem os gatos, respondeu sem rodeios:

— Mesmo longe da pessoa de quem eu gosto, vou me esforçar.

— É mesmo? Que bom. Tenho outros pacientes com hora marcada esperando, então é isso.

— Hum...

Moe estava ansiosa. Não tinha a intenção de atrapalhar os pacientes com hora marcada, mas havia algo que queria perguntar. O médico inclinou a cabeça, ainda sorrindo.

— Sim?

— Outro dia, procurei este lugar com uma amiga, mas não conseguimos encontrar.

— Ah. Isso? É porque os nomes das ruas de Quioto são confusos. Subindo ou descendo, entrando por oeste ou leste. Parecem simples, mas são difíceis de entender.

— Mas demos várias voltas por aqui e não encontramos nem o beco, nem o prédio. Mesmo assim, consegui chegar aqui hoje.

— Quando você precisar encontrar, vai encontrar. É assim.

O médico se mostrava indiferente. Então sorriu como uma criança travessa.

— Por favor, não conte a muitas pessoas sobre esta clínica. Quando estiver passando pela avenida Fuyachō ou pela Tomikōji em Nakagyō, não comente que "por aqui tem uma boa clínica". Não estamos aceitando novos pacientes.

De repente, a cortina atrás dele se abriu com força. A enfermeira estava furiosa.

— Doutor! Por que está sutilmente tentando fazer propaganda nossa? Se os boatos se espalharem, quem vai ter problemas é você. Você está sempre cochilando.

— Eu não estou sempre cochilando — replicou o médico, rindo.

— Hunf — soltou a enfermeira, olhando feio para ele, e fechou a cortina com força.

Moe estava sem palavras. O médico deu mais uma risadinha.

— Nossa enfermeira é muito atenciosa. Enfim, nos despedimos aqui. Se cuide.

— É...

— Sim? Mais alguma coisa?

— Isso... — Moe mostrou a "Caderneta de gatos" — O que faço com isso?

— Ah, fica de presente. Quando algo parecer complicado, olhe o caderninho e se lembre das cores e formas.

— Das cores e formas...

— Ou do cheiro. Se cuide.

O médico abriu um sorrisinho. Ela saiu do consultório e passou em frente à recepção. A enfermeira sentada lá continuava antipática.

— Se cuide.

— Obrigada — respondeu Moe.

Ela saiu da clínica, depois do prédio. O chão parecia molhado. Conseguia ver o céu ao longe, lá no alto. Era tudo real. Existia mesmo.

Será que Moe conseguiria voltar se tivesse problemas de novo? Diante dessa dúvida, era difícil ir embora. Mas ela não podia ficar por muito tempo. Com certeza outra pessoa devia estar procurando aquele lugar.

Moe seguiu em frente e chegou na avenida principal. Não sabia o nome da rua.

Os nomes das ruas e avenidas de Quioto parecem simples, mas são difíceis de entender.

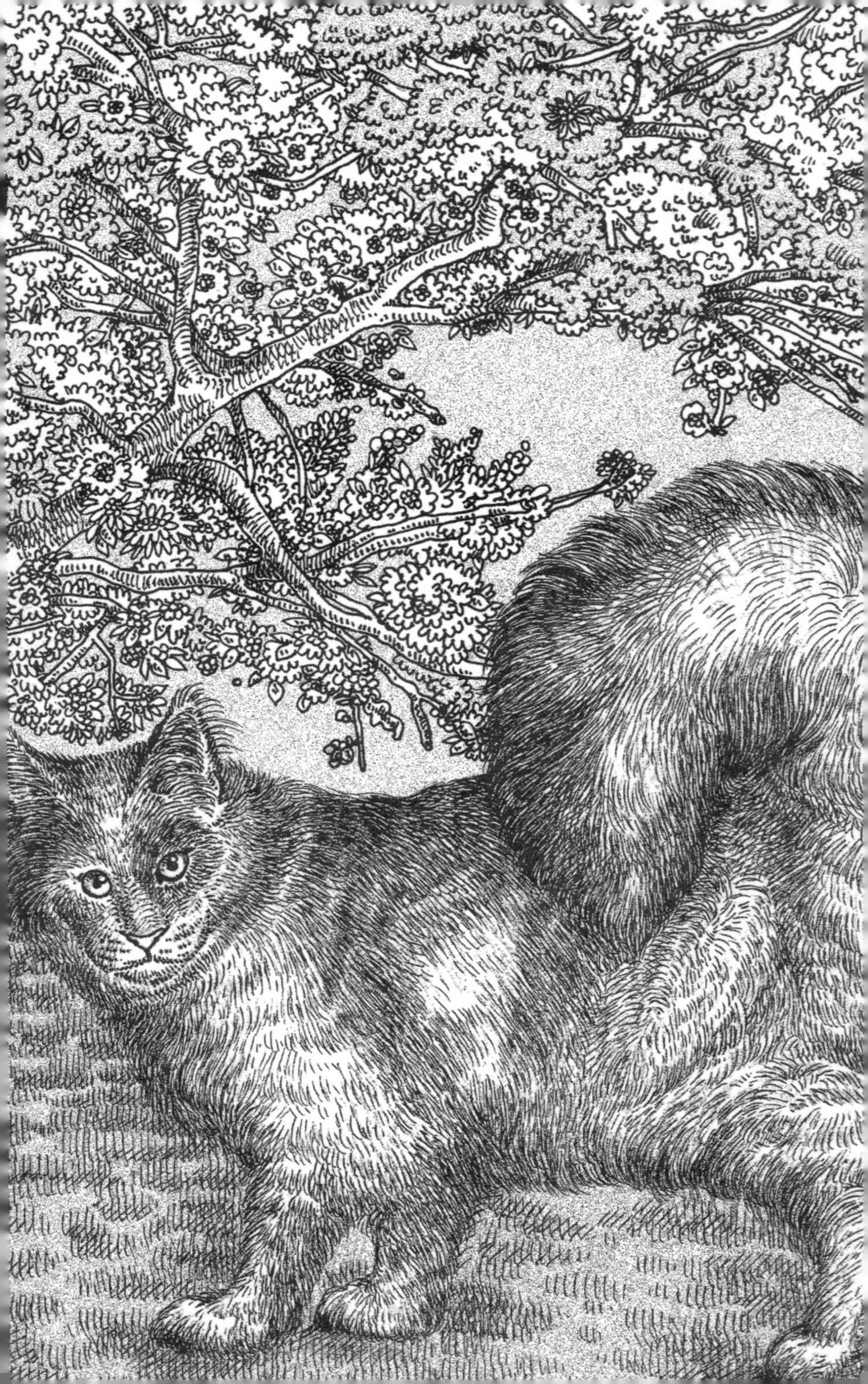

# CAPÍTULO 2

— Então, sogro. Um conhecido do presidente da empresa do genro do líder da associação de moradores também disse que fez isso quando a companheira faleceu. Então não há nada de errado. É melhor se consultar logo com alguém.

A nora, Ayumi, falava alto e era sempre animada. Sempre foi muito sincera, e desde que Tatsuya se aposentara e deixara o filho como chefe da família, era ela quem cuidava da casa.

— Pode ser, mas não sei, acho um exagero ir nessas clínicas psiquiátricas — respondeu Tatsuya Satonaka, deixando escapar um grande suspiro.

Até alguns anos antes, a casa da família Satonaka era agitada. Além do filho e da nora, havia sua esposa, Meiko, e o neto, Hayato, o coração da família. Nos últimos seis meses, porém, Meiko falecera, e o filho ficava atarefado com o trabalho, Ayumi trabalhava meio período durante o dia e Hayato também raramente aparecia.

Assim, Tatsuya passava os dias entediado no cômodo em estilo japonês no segundo andar, descia na hora de comer e voltava a se isolar no segundo andar depois das refeições. Essa era sua rotina. Tinha questões comuns de saúde relacionadas à idade, como pressão e colesterol altos, e havia feito uma cirurgia de hérnia por volta dos cinquenta anos, mas, em geral, até que estava bem. Não era por conta da saúde física que ele se isolava.

— Mas, sogro... Desde que a sogra morreu, você não tem saído de casa.

— Claro que tenho. Eu não fui na reunião da associação de moradores outro dia?

— Isso foi no mês retrasado. Você tem que sair pelo menos para dar uma volta. Se ficar o tempo inteiro em casa, suas pernas vão enfraquecer. Vai dar tudo certo, esse conhecido disse que se recuperou depois de se tratar nessa clínica no distrito de Nakagyō. Não é nada de mais, na terapia você fala aos pouquinhos e eles te ouvem. De qualquer forma, se você ficar chateado, eu também ficarei chateada. Já temos outra pessoa nessa casa que não sai do quarto.

Ayumi apontou para o andar de cima com os olhos.

Se era assim, talvez Hayato, que raramente saía do quarto, é quem devesse ir à clínica fazer o tal tratamento.

Tatsuya também não sabia como lidar com o neto de 17 anos. Ele costumava ser um menino atencioso e inteligente, mas, de uma hora para outra, o garoto passou a se isolar no quarto, e agora o avô não sabia mais nada dele. Até mesmo a alegre Ayumi devia estar preocupada com Hayato.

— E então, sogro? Tente ir uma vez. Também é um bom jeito de passar o tempo.

— Hunf... Onde é esse lugar?

— Vamos ver... Eu pedi para o presidente da associação de moradores escrever — respondeu Ayumi, pegando um papelzinho. — Fica no distrito de Nakagyō, em Quioto. Subindo a avenida Fuyachō, a oeste da avenida Rokkaku, descendo a Tomikōji, e leste da Takoyakushi.

— Mas hein? Onde raios é isso?

— Não sei, mas deve ser em alguma rua naquela região. Dá pra ir de ônibus. Você tem o passe da terceira idade, seria um desperdício não usar.

Ayumi estava sendo insistente, mas talvez fosse apenas por receio de que o sogro se tornasse um recluso de vez. O filho de Tatsuya também havia comentado sobre isso com ele. Talvez os dois tivessem conversado sobre mandá-lo ir ao médico.

De fato, uma família com duas pessoas isoladas era demais para lidar. Uma clínica em Nakagyō... Para tranquilizar o filho e a nora, ele não tinha escolha a não ser ir lá.

Tatsuya ficou embasbacado ao ver a escada nos fundos do prédio estreito e profundo. Apesar do endereço complicado, ele conseguiu chegar lá sem dificuldade. Mas se surpreendeu por ser no quinto andar, sem elevador. Ao olhar para o final do corredor, viu uma escada típica em "U", com um patamar a cada andar. Pensou em dar meia-volta. No entanto, alguns anos antes, ele conseguia subir cinco andares com facilidade. Desistir agora seria admitir o próprio declínio.

"Certo", pensou ele, e começou a subir com entusiasmo. Entretanto, ao chegar no patamar do terceiro andar, não conseguia mais levantar as pernas. Elas estavam surpreendentemente fracas.

— Ih, assim não dá...

Não tinha mais forças nos joelhos. Tudo o que podia fazer era esperar melhorar e descer. Decepcionado consigo mesmo, Tatsuya ficou cabisbaixo.

— Ei, senhor, o que houve?

Ele se assustou com a voz alta e viu alguém subindo as escadas. Era um homem de aparência suspeita, com um rosto bronzeado e uma camisa brega. O homem rapidamente parou na frente de Tatsuya.

— O senhor vai pra qual andar? — perguntou, com intimidade.
— Tenho um compromisso no quinto andar...
— Quinto andar? — Os olhos do homem brilharam. — Se o senhor está indo ao quinto andar, então é meu cliente. A única sala no quinto andar é a minha. Eu sou o protetor da saúde do Japão, Akira Shiina.
— O quê?

Impossível. Alguém com aquela aparência era funcionário da clínica? E ele havia se apresentado de uma maneira peculiar, parecendo ainda mais suspeito.

— Certo, senhor, vou te carregar nas costas.
— Não, não precisa. Eu nem te conheço.
— Não precisa fazer cerimônia. Eu tenho quase 37 anos, mas disposição de vinte, graças a esse colar magnético — garantiu o tal Shiina, mostrando um colar prateado grosso em seu pescoço.

Essa não. Ele com certeza era um pilantra. Então essa era a tal terapia?

Era melhor não se envolver com isso. Shiina, porém, virou de costas e se agachou. A pressão exercida por seu grande corpo era impressionante — não tinha para onde fugir no patamar estreito. Ele obrigava o outro a aceitar seu gesto de bondade, e Tatsuya se viu obrigado a subir em suas costas. Shiina nem tremeu e começou a subir as escadas com tranquilidade.

— Quantos anos o senhor tem?
— Tenho 78.
— Por que não se esforça um pouco mais? Não adianta viver muito se não tiver energia. Tem um monte de negócios de longevidade agora e são todos questionáveis. Mas o meu colar magnético é real. Se usar isso aqui, você consegue subir as escadas sem esforço. Tem garantia de três anos. E, já que veio até aqui, se comprar o melhor, as taxas do parcelamento ficam por minha conta.

Enquanto falava sem parar, Shiina subiu até o quinto andar com Tatsuya nas costas. O senhor ficou impressionado com o vigor do sujeito, que nem ficou ofegante.

O quinto andar, assim como os anteriores, tinha um corredor com iluminação fraca e portas antigas de metal enfileiradas. Bem-humorado, Shiina foi abrir a porta mais ao fundo. Nela, havia uma placa escrita "Associação Japonesa de Segurança e Saúde em Primeiro Lugar". Com certeza não era o seu destino.

— Então aqui não é a clínica? — perguntou Tatsuya.

O sorriso no rosto de Shiina desapareceu.

— De novo essa conversa de clínica — respondeu, irritado. — Por quê? De onde tirou isso, senhor?

— De onde? Do conhecido de um conhecido de outro conhecido... da associação de moradores.
— É alguma coisa de saúde mental?
— Isso. Alguma coisa de saúde mental, uma clínica.
— A minha empresa é a única neste andar. Não sei por quê, mas as pessoas sempre confundem a sala do lado com uma clínica. Mas ali está vazio. Elas saem assim que entram.
— Ah é?
Tatsuya franziu a testa. Será que era uma informação falsa? Ou talvez a clínica tivesse fechado... Vendo que Tatsuya não parecia acreditar muito, Shiina alcançou a maçaneta da porta vizinha à dele.
— Viu? Está trancada. A história desse lugar aqui é muito esquisita. — Ao virar a maçaneta, ele empalideceu. — Ué? Por que está girando? Esqueceram de trancar?
Então ele puxou a porta. No entanto, havia alguma coisa errada.
— Eita. Isso é muito pesado.
Shiina segurou a maçaneta com ambas as mãos e firmou os pés no chão. Ele parecia colocar toda a sua força ali, até seu corpo tremer, mas a porta mal abriu.
— Essa porta tá de brincadeira com a minha cara. Eu sou o protetor da saúde do Japão. Por que não consigo abrir isso aqui? Aaargh!
O grito de Shiina ecoou pelo corredor vazio, e enfim a porta se abriu. O homem se sentou no chão, segurando a porta com o corpo para que ela não se fechasse.
— Tá vendo, senhor? Esse é o poder do nosso colar magnético.
Mesmo esbaforido, seu sorriso transbordava confiança. Tatsuya esticou o pescoço e espiou o interior do cômodo. Estava escuro, mas muito bem-arrumado. Não havia ninguém na janelinha que parecia ser a recepção.
— É mesmo uma clínica.
— Hã?
Ainda sentado, Shiina olhou para o cômodo. Então, ficou boquiaberto. Era realmente um homem muito exagerado.

Tatsuya agradeceu a "carona" e pela ajuda para abrir a porta e entrou. Achou que Shiina viria atrás, mas, ainda com a boca aberta, ele encolheu os ombros, assustado, e fechou a porta. Pelo visto, Tatsuya não teria que comprar um colar suspeito.

Ele ouviu um barulhão atrás de si e então o som alto de chinelos. Logo, uma enfermeira apareceu, uma jovem de pele alva.

— Sim, pois não?

— Hum... Aqui é a tal clínica psiquiátrica?

— Tal clínica psiquiátrica? — repetiu a enfermeira, franzindo um pouco a testa. — Aqui é a Clínica Kokoro. Não é a Tal Clínica Psiquiátrica.

A enfermeira parecia não gostar que dissessem as coisas de qualquer jeito. Seja como fosse, não havia dúvidas de que aquele era o lugar que procurava. Tatsuya sorriu, envergonhado.

— Desculpe. É que não me deram mais detalhes. Eu vim sem marcar horário, mas será que alguém poderia me atender?

— O senhor é paciente? Entre, por favor.

"Que bom", pensou ele, aliviado. Fora até ali com um peso no peito. Se pelo menos fosse atendido, a nora ficaria feliz. Ao entrar no consultório, a cortina no fundo se abriu e um médico de jaleco branco entrou. Parecia um jovem amigável.

— Boa tarde. É sua primeira vez na nossa clínica, certo? Como nos descobriu?

— Como descobri? — Shiina também tinha lhe perguntado aquilo, mas ele não se lembrava direito. — Pelo conhecido de um conhecido. Mas quem me disse para vir foi a minha nora.

— É mesmo? Nós não estamos aceitando novos pacientes, mas é um caso especial, já que foi uma recomendação. Seu nome e a sua idade, por gentileza?

— Tatsuya Satonaka. Tenho 78 anos.

— Qual o motivo da sua visita hoje?

— Como posso explicar... Há seis meses, minha esposa faleceu sem mais nem menos, e desde então tudo está chato, ou irritante.

Na verdade, não me importo com isso, mas meu filho e minha nora estão preocupados que eu me isole se continuar assim.

— Entendi. Você está se isolando, então...

— E ainda tem meu neto. Ele tem só 17 anos, mas virou uma criatura noturna. Passa o dia trancado no quarto e parece que fica acordado à noite, mexendo no computador. Também não sei se ele vai ou não para a escola. O que quero dizer é: o que vai ser do futuro dele se continuar assim?

Ao verbalizar a situação, ele conseguia identificar que a família passava por sérios problemas. Porém, ao ver a expressão do médico, ficou perplexo: o sujeito tinha um leve sorriso estampado no rosto.

— Qual o problema em ser uma criatura noturna? A noite é mais divertida.

— Divertida?

— É. É mais quieto, mais fácil de caçar. Também é melhor para enxergar — disse o médico, que parecia mesmo estar se divertindo.

Tatsuya inclinou a cabeça, sem entender. Não sabia o que estava acontecendo. Será que tinha ouvido mal? Ou essa era simplesmente a opinião do médico?

No pequeno consultório, o profissional se virou para o computador e começou a digitar no teclado.

— Bom, apenas por precaução, vamos aquecer com um gato. Sra. Chitose, poderia trazer o gato, por gentileza? — pediu o médico, em direção à cortina, e a enfermeira que estava na recepção entrou.

Ao olhar para as mãos dela, Tatsuya levou um susto.

Era um grande gato preto e branco. A maior parte do corpo dele escapava dos braços da enfermeira. As patas estavam esticadas ao máximo e o rosto, enterrado no corpo, tinha uma expressão de desconforto, talvez por causa de todo o tamanho.

— Dr. Nike, rápido! Ela é pesada! Vai cair!

— Ah, certo, certo.

Rindo, o médico pegou a gata. Abraçou como se fosse um bebê, apoiando a cabeça dela no ombro.

— Ah, essa é pesada. Com quantos quilos ela está?

— Não sei. Doutor, quando for pesado assim, venha você pegar o gato, sim?

Talvez por causa do peso da gata, as bochechas da enfermeira estavam ruborizadas e ela parecia irritada.

— Ela foi tão mimada que ficou desse tamanhão. Uma hora essa coleira vai arrebentar — comentou a enfermeira, ainda brava, e saiu do consultório.

O médico se limitou a rir, dando tapinhas no traseiro da gata. Tatsuya ainda estava atônito. Era a primeira vez que via uma gata tão grande. Pela forma como o médico a segurava, seu dorso estava virado para Tatsuya, mas ela era tão larga que dava para ver várias manchas pretas na pelagem branca. O pelo nas patas também era longo, como o de um tapete.

"Quantos quilos será que ela tem?", perguntou-se. Lançou um olhar desconfiado para o médico, que apenas riu.

— Ela é mestiça de uma raça chamada maine coon. Apesar de já ser grande, ficou ainda maior depois de ser mimada pela família que cuida dela agora. Acho que é mais eficaz assim. Bom, por onde começamos a aquecer?

O médico balançou o corpo e ajustou o abraço. Apesar de ser um jovem na casa dos trinta anos, a gata parecia pesada para ele. Carregando aqueles dez quilos ou mais, o médico se levantou e caminhou por trás de Tatsuya, encostando na parede do apertado consultório.

— Pelos ombros?

— Hã?

Enquanto ele processava a informação, ela subiu em seus ombros por trás e, em um instante, o rosto de Tatsuya foi coberto pela perna da gata. Ele se contorceu.

— Ai, ai!

— Ué? Não era aqui?

O peso sumiu abruptamente.

Tatsuya estava tão indignado que não conseguia nem piscar. Tinham colocado a gata gigante em seus ombros. Ele achou que suas costas quebrariam ao meio.

O médico estava próximo, segurando o animal em um abraço, como se fosse um grande saco de juta.

— O lugar dolorido não é necessariamente onde está o problema. É que outro lugar exerce pressão e causa dor. Então, em vez de aplicar a gata onde dói, é melhor aplicar em outro lugar.

— Aplicar a gata?

Que raios aquele médico estava dizendo? Enquanto Tatsuya se perguntava, ansioso, o que mais poderia acontecer, o médico voltou a ficar diante dele e colocou a gata no colo do paciente.

— Certo. Segure bem, por favor.

— Hã? Mas...

Antes que pudesse recusar, o médico largou o peso. A gata se sentou nos joelhos de Tatsuya e se deitou. Exatamente como um cobertor dobrado no meio. Desesperado, ele segurou a gata com as duas mãos.

— Aaah, não, não consigo...

"A gata vai cair. A gata vai cair."

Tatsuya tentou desesperadamente agarrar o animal. Quando a família era mais sociável, eles participaram uma vez do festival de *mochi* da associação do bairro. Quando amassado no pilão, esse bolinho de arroz glutinoso tinha uma textura mais flexível do que o feito nas máquinas, e quase escorreu de suas mãos quando ele tentou pegar a massa. Todo mundo ao redor caiu na gargalhada quando o viu tentando impedir, todo atabalhoado, a massa de cair.

Essa era a sensação agora.

A gata era um *mochi*. Um *mochi* fresco. Ele se lembrou da textura da massa.

O traseiro da gata escorregava. Ele precisava dar um jeito naquilo.

Então, assim como o médico havia feito, ele colocou a gata de bruços e a segurou nos braços. Tatsuya a abraçou para estabilizar a posição, girou a bichana pelo tronco meio molenga e conseguiu dar um jeito de apoiá-la nas quatro patas. Depois, segurou o traseiro do animal com as duas mãos e apoiou a cabeça dele em sua barriga. Todo esse tempo, a gata se manteve com uma expressão irritada, sem tentar fazer nadinha. Era como se ela se mantivesse imóvel para deixar os outros fazerem o que bem entendessem.

Por que será? Afinal, um gato provavelmente se sentiria inseguro quando a barriga flácida estivesse prestes a escorregar. Mesmo assim, teimosa, ela não se mexia. Não fazia nada por conta própria.

Perplexo com aquela criatura, Tatsuya conseguiu estabilizar a barriga e o traseiro da gata e soltou um grande suspiro.

— O que achou? Foi eletrizante? — perguntou o médico, com um sorriso, sentando-se à sua frente.

Eletrizante? Como aqueles dispositivos de massagem de baixa frequência que colocavam nas costas em clínicas ortopédicas? Tatsuya negou com a cabeça, confuso.

— É mesmo? E você está sentindo um quentinho?

— É...

Parando para pensar, ele de fato sentia o calor da gata passando pelas suas roupas.

Ela não era apenas uma gata grande, tinha também o pelo longo. As orelhas eram triangulares e pontudas, peludas tanto dentro quanto fora. Os pelos da ponta das orelhas pareciam um pincel de caligrafia. Ele achava que orelhas de gato eram apenas finos triângulos de pele, mas, olhando de perto, viu que continham pelos, iguais às suas.

Não, eram orelhas peludas como as suas, mas diferentes. O pelo de suas orelhas não era fino e macio. Era surpreendente ver beleza nos pelos das orelhas de um bicho.

Era uma criatura quentinha com pelos fofos nas orelhas.

Tatsuya assentiu obedientemente.

— Então fique assim por um tempinho. Bom, o que aconteceu mesmo? Sua esposa faleceu há seis meses, certo? E desde então você tem odiado tudo, come e bebe demais, reclama o tempo todo, é irritante nas redes sociais, toca a campainha da casa dos outros e sai correndo, além de jogar latas vazias por aí.

— Ei, espere um pouco... — interrompeu Tatsuya, perplexo com a fala do médico. — Algumas dessas coisas eu nem entendi, mas está tudo errado.

— Ah, é mesmo? Você disse que sua esposa faleceu há seis meses.
— Sim, isso aconteceu mesmo. Minha esposa teve um AVC, passou mal de repente e morreu. Foi mesmo muito rápido. Por isso ainda tenho dificuldades em processar o que houve.
— Mas você está processando. Por isso tudo é chato ou irritante.
— Então você ouviu o que eu disse.
O médico riu.
— Se uma pessoa querida parte, existe uma razão para a que fica mudar. Dizem que é ruim quando as pessoas se isolam, mas acho que não tem nada de errado nisso. Elas escolhem se isolar porque querem.
— Não é bem porque querem... No meu caso, eu só gosto de ficar à toa, mas acho que tem muita gente no mundo que não consegue sair de casa, mesmo querendo.
— Elas estão trancadas?
— Hã?
— A jaula delas está trancada?
O médico deu um sorrisinho. Apesar disso, não dava para entender exatamente o que o sujeito estava dizendo. Tatsuya encolheu um pouco os ombros, levemente horrorizado, e a gata pareceu sentir, pois levantou o queixo e olhou para ele. O paciente não havia percebido antes, pois estava enterrado no fundo da pelagem e do corpo gordo, mas a gata usava uma coleira rosa e gasta. Parecia bem velha.

Como a enfermeira disse, a gata engordara, e a coleira parecia apertada em seu pescoço. Será que não era perigoso ficar daquele jeito?

— Essa gata... Não entendo muito de gatos, mas não tem problema a coleira estar tão apertada?
— Hum? Cadê? — perguntou o médico, inclinando-se. Estava tão perto que quase podia tocá-lo. — Ah, é mesmo. Está quase no limite. Certo, vamos tirar — disse, enterrando a mão na pelagem do pescoço da gata.
Era um médico bem acostumado a animais. Quase como um veterinário.

A coleira era comum e, quando ele soltou o fecho, o pescoço da gata estava marcado. Tatsuya se perguntou se ela não estaria sentindo dor, mas, assim que o animal balançou a cabeça, o longo pelo cobriu a pele. E a bichana voltou a ficar taciturna.

— Ela é uma gata bem tranquila com as coisas. Não odeia nada.

— Para mim, até odiar é chato. Foi o que falei, agora realmente tudo parece bem chato.

— Entendo...

Aquela situação era estranhamente persuasiva. Comparado à gata, ele se mexia muito mais. Ele se ajeitaria sozinho, por exemplo, em vez de deixar outra pessoa mudar a posição de seu traseiro.

De repente, Tatsuya percebeu que suas pernas estavam ficando dormentes. A enorme gata devia pesar mais de dez quilos.

— Hum... minhas pernas estão ficando cansadas...

— Está eletrizante?

— Não sei se eletrizante, mas está pesado e minhas pernas estão formigando...

O médico riu e perguntou:

— Bom, o que aconteceu com seu neto? Se ele tem hábitos noturnos, é melhor colocar um refletor na retina dele, para que enxergue melhor. Daqueles que refletem até o menor traço de luz. Assim, dá pra ver muito bem. Parece que a luz aumenta. Tente perguntar ao seu neto também. Parece uma boa, não é?

Ele não sabia se a fala do médico era séria ou não. Era tudo piada para ele ou aquilo era a terapia?

— Não, meu neto usa lentes de contato, então não sei se ele consegue fazer isso — respondeu Tatsuya, sério.

— Ah, que pena. É bem prático. As pessoas dizem que é ruim ter hábitos noturnos, mas não é verdade. Você pode ficar sem ver as coisas que não precisa, e acaba vendo apenas aquilo que com certeza precisa ver. Como um gato, que consegue enxergar no escuro com pouca luz.

— Pouca luz?

— Seu neto não tem nem um pouco de luz? Nada? Está totalmente no escuro?
Ele não sabia o que responder.
Hayato estava completamente no escuro? Se sim, o que ele poderia fazer como avô? Será que ele era forte o suficiente para andar só com um pouco de luz, como um gato? Tatsuya olhou para baixo. Os olhos da gata eram bem misteriosos. Pareciam meio líquidos.
— Os olhos dos gatos parecem *manju* de água.
— *Manju* de água? — O médico deu uma risadinha. — *Manju* de água, é? É a primeira vez que ouço isso. Aquele molenga, não é? É gostoso?
— Isso, o transparente, que parece uma gelatina. Com recheio de pasta doce de feijão. Eu... gosto.
Tatsuya olhou para baixo. Não sentia mais as pernas. A dormência chegara ao limite.
— Bom, não aguento mais. Tire a gata, por favor.
— É o que está parecendo. Você relaxou?
Pelo contrário, ele sentia as pernas pesadas como chumbo. Mas nunca se sabe o que pode acontecer quando se fala a coisa errada. Tentando suportar a dormência, ele concordou, e o médico pegou a gata. Assim que o calor desapareceu, o sangue represado voltou a correr e Tatsuya rangeu os dentes.
— Bom, você fez um bom trabalho. Sra. Chitose, poderia levar a gata, por gentileza? — disse o médico, em alto e bom som.
A cortina se abriu e a enfermeira entrou. Então, ela abraçou a gata com os dois braços e, parecendo fazer um grande esforço, a levou para os fundos.
Por um momento, Tatsuya não se mexeu. Ele tensionou a mandíbula, tentando suportar a dormência nas pernas. Quando se sentiu um pouco melhor, levantou o rosto e viu o médico com a boca aberta, absorto.
— Doutor?
Mesmo chamando, ele não se mexia. Talvez o nariz estivesse um pouco obstruído, porque o paciente conseguia ouvir um leve

ronco. Era a primeira vez que via um médico assim. E uma clínica assim, e um tratamento assim.

Tatsuya se levantou lentamente e saiu do consultório, com passos contidos, pois ainda estava com dificuldades para dobrar os joelhos. Ele passou cambaleando pela recepção, mas não havia ninguém lá.

"Que clínica estranha, hein? Acho que não venho mais aqui."

Enquanto ele cambaleava para fora da sala, a enfermeira apareceu na janela da recepção.

— O senhor se esqueceu de uma coisa — disse, mostrando a coleira rosa de antes.

Estava esgarçada e o couro da superfície descascava. Tatsuya piscou.

— Não, isso não é meu.
— O senhor se esqueceu de uma coisa.
— Isso é da gata...
— O senhor se esqueceu de uma coisa.
— É da gata de antes...
— O senhor se esqueceu de uma coisa.

A resposta da enfermeira era seca. Ela nem puxou de volta a coleira, apenas seguiu o pressionando com o olhar.

"Que tipo de clínica é essa?", pensou Tatsuya. Agitado, ele pegou a coleira e colocou em seu bolso. Se ficasse enrolando mais ali, talvez o fizessem segurar a gata de novo. Ele rapidamente abriu a porta e saiu, mas, antes que a fechasse, ouviu uma voz atrás de si:

— Melhoras.

— Ai, ai, ai, ai!

Aquela era a segunda vez.

Tatsuya afastou o cobertor e puxou os dedos do pé esquerdo com as mãos.

— Cãibra de novo? Ai, ai, ai...

Antes tinha sido o pé direito, agora era o esquerdo. Ele entrava em pânico quando tinha cãibras repentinas nas pernas. Rangeu os dentes enquanto massageava a panturrilha. Aquilo certamente estava acontecendo por ele ter ficado muito tempo com a gata pesada no colo. À noite, seus músculos gritavam com a falta de circulação de sangue. A dor passou, mas ele seguia com uma sensação esquisita na perna.

— Assim não dá.

Tatsuya pegou uma roupa que estava por perto, se trocou e saiu do quarto. Precisava mexer as pernas, ou teria cãibras nas duas na próxima vez. A luz e o som da TV vinham da sala de estar. Eram apenas nove da noite, mas estava tarde para um velho dar um passeio. Ele saiu de casa silenciosamente, sem querer preocupar o filho e a nora.

O céu estava um breu. Uma a uma, as luzes de fora iluminavam a rua.

Por ser uma área residencial, não havia semáforos, e mesmo durante o dia poucos carros transitavam por ali. Quando Meiko estava viva, os dois saíam para passear ao entardecer, mas, após o pôr do sol, tinha a impressão de que era difícil enxergar com pouca luz. Surpreendentemente, quando escurecia de vez, ficava fácil de enxergar, e ele não precisava forçar os olhos.

Quantos anos fazia que ele não saía de noite? Ele não sentia medo, pois conhecia as ruas da vizinhança. E logo suas pernas também estariam mais soltas. Era melhor passear à noite do que ir a uma clínica estranha. Seria um bom exercício e um bom descanso mental.

As pernas de Tatsuya pararam. Era uma grande avenida da vizinhança. Uma rua deserta que a cortava.

"Ah, é mesmo."

Era a rua por onde ele e Meiko caminhavam. Eles não falavam sobre nada em especial, e também não era para aproveitarem a vista. Apenas um hábito diário por conta da saúde.

Mesmo assim, era a paisagem que via todos os dias. Ele odiava se dar conta de que Meiko era a única que não estava ali. Ao caminhar sozinho por onde os dois costumavam ir, também detestava os olhares de pena que recebia das pessoas ao redor.

Ele estava começando a processar. Sua esposa tinha morrido.

Tatsuya ficou parado por um tempo e, quando se virou para retornar, percebeu que havia um quadro de avisos ao seu lado. Eram murais públicos instalados em cada distrito, onde afixavam anúncios da administração local e cartazes com todo tipo de recado. Como ficava embaixo de um poste, dava para ver o conteúdo mesmo no escuro. Ele se concentrou em um anúncio.

— Vovô? — ouviu alguém chamar, de repente.

Para sua surpresa, era Hayato, seu neto, andando de bicicleta.

— O que tá fazendo, vovô?

Hayato desceu da bicicleta e se aproximou. Ele estava com fones de ouvido, o celular em uma das mãos e uma grande mochila nas costas. Parecia retornar de algum lugar.

— Eu que pergunto, o que você está fazendo?

— Voltando da escola. Vovô, ficar zanzando por aí tão tarde é perigoso, não? — perguntou Hayato de um jeito infantil, com uma expressão de estranhamento.

Eles trocavam algumas palavras todos os dias, mas fazia tempo que não conversavam de verdade.

— Escola? Você está indo pra escola?

— Tô. De noite.

— Desde quando?

— Já faz um tempo.

Hayato ainda parecia estranhar o comportamento do avô. Tatsuya voltou o olhar para o cartaz.

— O que é isso? O que tá olhando?

— Hã? Ah, é o quadro de avisos. Hayato, você sabe desde quando esse cartaz está preso aqui?

— Não. Eu nem sabia que tinha um quadro de avisos aí.

Hayato olhou o quadro.

— O cartaz de um gato? O que é que tem?

— Pois é — disse Tatsuya, e olhou para o anúncio, ao lado do neto.

Era de um gato perdido. Um papel escrito a mão, com uma foto colada diretamente nele — até Tatsuya achou incompleto. Tinha o nome e o número de telefone das pessoas que procuravam pelo gato.

— Você conhece essas pessoas, vovô?

— Ah, só de nome e de rosto. São os Watanabe, um casal que mora não muito longe daqui. Acho que são um pouco mais novos do que eu.

— Hum. Se estão procurando um gato, teria sido melhor anunciar nas redes sociais. Eles não devem saber fazer isso. Ninguém vai ver num quadro de avisos desses.

— Mas nós vimos.

— Hã?

— Eu conheço esse gato.

A foto com certeza era da gata gigante que tinha deixado as pernas de Tatsuya formigando na Clínica Kokoro.

Expressão mal-humorada. Pelo longo com manchas brancas e pretas. Patas traseiras jogadas para a frente, sentada com o traseiro no tatame. O tamanho era o mesmo. No cartaz, estava escrito: "Nome: srta. Michiko". Também dizia que ela usava uma coleira rosa quando sumiu.

Hayato olhou o cartaz e deu uma risadinha.

— O cartaz diz "srta. Michiko". Que esquisito chamar a gata de "srta.". Será que eles a chamam de "srta. Michiko" no dia a dia?

— Mas é óbvio que sim.

— Quanta formalidade. Mas também soa legal. Vovô, onde você viu essa gata?

— Na clínica. Ela estava lá.

— Ah é? Que bom, ela foi encontrada. Vamos logo falar para os donos.

— Tem razão. A clínica fica...

Tatsuya de repente pensou em algo. "Será que aquele médico estranho e a enfermeira da clínica vão falar coisa com coisa? Será que não vão ficar com a gata, alegando que ela é uma compressa quente, ou algum dispositivo de massagem?"

— Não — corrigiu-se Tatsuya. — Deixa que amanhã vou lá e confirmo.

Hayato franziu um pouco a testa.

— Não seria melhor os donos irem lá?

— Se eu estiver enganado, eles vão ficar decepcionados.

— Mas mesmo que você veja o gato, não vai saber se é a gata perdida. Acho que é melhor os donos confirmarem.

— Não, vai dar tudo certo — insistiu Tatsuya.

Hayato, porém, não se convenceu. No fim das contas, decidiram ir à clínica juntos.

No dia seguinte, quando os dois estavam para sair, Ayumi arregalou os olhos.

— Hayato, vai sair tão cedo? Junto com seu avô?

— Vou — respondeu o garoto, colocando calmamente os sapatos.

A julgar pela expressão de Ayumi, ver o filho sair durante o dia era raro. Mais emocionada do que preocupada, Ayumi observou os dois saírem de casa juntos.

Como a clínica ficava no mesmo distrito, era uma curta viagem de ônibus. Sair sozinho com o neto era revigorante, mas Tatsuya estava um pouco nervoso. Ao subirem no ônibus, ele falou para Hayato se sentar em um assento vazio.

— É você que deve sentar, vovô — respondeu o rapaz, lhe dando um sorriso gentil, como costumava fazer antigamente.

Ele ainda sorria do mesmo jeito de quando era criança, não tinha mudado nada.

Sentado do ônibus, Tatsuya constatou que não precisava mais cuidar do neto durante um passeio. Antes que se desse conta, Hayato tinha atravessado a adolescência e estava prestes a se tornar um adulto.

Quando ele havia começado a fazer aula no período noturno?

Até quando ele continuaria a trocar o dia pela noite?

Ele decidira viver uma vida diferente da normal?

Enquanto olhava a paisagem pela janela do ônibus e pensava distraidamente sobre o assunto, Tatsuya se lembrou do que aquele médico dissera. Um gato consegue andar em uma rua escura. Se houver apenas um pouco de luz, um gato consegue andar por aí.

— Ei, Hayato.

— Sim? — O rapaz estava em pé ao lado do seu assento, olhando para o celular.

— Ontem à noite até consegui andar bastante, sabe?

— Ah, é?

— Talvez ter hábitos noturnos não seja uma coisa ruim. No escuro, você não vê coisas desnecessárias.

— É?

— Aham. Ir para a aula à noite também deve ser bom. É uma forma diferente de viver.

— Verdade.

Hayato estava concentrado no celular. Seu futuro podia parecer incerto para Tatsuya ou Ayumi, mas, para o neto, não dava para comparar. Fosse ele um gato diurno ou noturno, era Hayato quem decidiria o próprio tempo.

Os dois desceram do ônibus na avenida Oike. Ônibus locais não entravam nas ruas estreitas, que pareciam uma fina malha quadriculada.

— Vovô, qual é o endereço da clínica?

— É na avenida Fuyachō ou Tomikōji. Aí lá vira na Rokkaku ou na Takoyakushi.

Parecia a cerca de trezentos metros. Uma caminhada de cinco minutos.

Ou era para ser assim.

— Ué? Será que errei o caminho? — perguntou-se Tatsuya, que andava na frente.

Ele não achou o beco em nenhuma das quatro ruas. Então os dois deram uma volta e, na segunda vez, encontraram na avenida Fuyachō. Parecia exatamente o prédio do dia anterior.

Mas tinha algo diferente. O prédio que abrigava a clínica ficava em uma área mais isolada. Hayato parecia desconfiado, enquanto Tatsuya olhava estupefato para o edifício.

— O que foi, vovô? Não é aqui?

— Não, é aqui sim, mas tem algo diferente.

Era o mesmo prédio estreito de cinco andares. A antiga placa que dizia "Prédio Chūkyō" estava ali. Espiou pela entrada aberta, nervoso, e viu a escada no final do corredor. Também era a mesma.

— Ah! Não é o senhor de ontem? — Tatsuya ouviu alguém dizer, tomando um susto com a voz alta.

Um homem sorridente veio em sua direção. Tinha uma camisa brega e o rosto bronzeado. Era aquele homem da empresa suspeita de colares.

— O protetor da saúde do Japão...

— Isso mesmo. Sou o presidente Akira Shiina. E aí, meu senhor? Ficou com vontade de comprar o colar magnético, hein? Ah, e hoje você trouxe a família? Não tem problema. É uma compra importante. É melhor falar com a família primeiro pra não haver confusão depois.

O volume de sua voz e o nível de intimidação eram os mesmos do dia anterior. O homem era real, então não tinha sido um sonho ou uma ilusão. Então aquele médico, aquela enfermeira e a gata gigante, srta. Michiko, estavam lá.

Tatsuya entrou no prédio, com Hayato logo atrás, confuso. O corredor mal iluminado com portas enfileiradas era o mesmo. De frente para a escada, ele se preparou mentalmente.

Porém, quando estava prestes a subir, Shiina o impediu.

— Certo, senhor, pode deixar comigo.

— O quê? Nã-não, eu...

— Não precisa ter vergonha. Sou um homem que luta contra o envelhecimento da sociedade. É normal que os jovens carreguem os mais velhos. Né, menino? — disse Shiina para Hayato, que manteve uma expressão indiferente.

Sem conseguir responder naquele corredor estreito, Tatsuya não teve escolha e foi carregado por Shiina até o quinto andar. Era um grande esforço, mas o sujeito não se mostrava ofegante. Já Hayato, que subiu depois, respirava pesado.

— Menino, acho que você também está precisando do colar magnético — afirmou Shiina, rindo. — O nosso é um item de luxo, então precisa da autorização dos pais, mas tudo bem. Se você comprar um modelo mais antigo, fica baratinho.

— É — respondeu Hayato, de forma vaga. — Vovô, a clínica é nesse andar?

— É, na penúltima porta.

— O quê? De novo essa clínica?! — se intrometeu Shiina, com uma surpresa exagerada. — Esperem um pouco. Então o senhor não veio comprar o nosso colar, né?

— Não, obrigado. Hoje vim ver uma gata que está aqui.

Tatsuya olhou para a penúltima porta. Então, Shiina semicerrou os olhos.

— Uma gata?

O tom de sua voz mudou. Seus olhos ficaram sombrios, como se ele fosse outra pessoa.

— Aqui neste prédio não tem clínica nenhuma, e também não tem gatos. Aquela sala está vazia.

— Bom, mas você mesmo abriu a porta pra mim ontem, não foi?

— Aquilo foi um engano. Por favor, não me envolva em nada esquisito.

Ao dizer isso, Shiina parou em frente à porta da clínica. Ele bufou e segurou a maçaneta da porta. Tatsuya inclinou a cabeça e se perguntou por que o sujeito estava tão agitado. Ao seu lado, Hayato também inclinou a cabeça.

— Aaah! — gritou Shiina.

O berro e o som metálico da maçaneta ecoaram pelo corredor. A porta estava trancada, então o homem rapidamente abriu um sorriso, girando a maçaneta como se fosse uma criança.

— Ora, estão vendo? Não tem ninguém aqui!

— Talvez estejam de folga — disse Hayato, baixinho.
— Que nada. Essa sala não é alugada há anos. É difícil explicar, mas ela é assombrada.

Shiina se distanciou da porta e soltou um suspiro melancólico.

— Vou contar porque foram vocês que tocaram no assunto, mas, muito tempo atrás, esse lugar era um criadouro de gatos. Desses de reprodução, sabe? Mas o negócio faliu por causa da má administração, e parece que o dono fugiu. E largou os gatos aí.

— Isso quer dizer que... — Hayato, calmo até aquele momento, adotou uma expressão de desgosto pela primeira vez. — Ele deixou os gatos trancados aí?

— Isso mesmo. Ouvi dizer que muitos animais foram deixados para trás quando o dono fugiu. Os funcionários fizeram de tudo para encontrar novos lares para os animais, mas alguns ainda permaneceram e, no fim, ficaram nas gaiolas e ninguém vinha vê-los. Vocês sabem o que isso significa, né? Nunca tive gatos e não tenho interesse, mas só de pensar sinto um aperto no peito. O dono do prédio também disse que não permitiria mais a entrada de animais. Nem um sequer. Por isso não tem gatos aqui. Se o senhor viu mesmo um gato aqui, deve ter sido alguma outra coisa. Pode não ser algo ruim, mas é melhor não se envolver. É melhor esquecer isso.

Shiina, então, foi para a sala dele, no fim do corredor. Ele era um homem suspeito, mas não parecia estar mentindo.

— Vovô?

— Hum... mas isso é real.

Tatsuya pegou a coleira rosa no bolso. A que o médico havia tirado do pescoço da gata. Ele também se lembrava nitidamente do peso e da temperatura do animal. Se aquela gata era a mesma do cartaz, ele não podia desistir ali.

Hayato parecia ter perdido o interesse e prestava atenção ao celular de novo. Os dois saíram do prédio. A entrada não dava para um beco, mas ficava em frente à avenida Fuyachō. Ele precisava encontrar aquele prédio. O prédio que tinha uma estranha clínica.

— Vovô.

— Sim, eu sei. Pode voltar, já que tem aula de noite.
— Acho que encontrei a gata.
— Hã?
Hayato entregou o celular. Tatsuya colocou seus óculos de leitura e olhou para a tela. Ali estava a gata que tinha visto na clínica. A pose com cara de insatisfação era a mesma do cartaz. E ela também usava uma coleira rosa.
— O quê? Como achou isso?
— Procurei nas redes sociais por uma hashtag tipo "gatos perdidos" e encontrei. Ela foi achada há dois meses em Shiga. Disseram que entregaram para a polícia da região. Mas não sei se ainda estão com ela. Vou mandar uma DM.
Ele não entendeu metade das palavras de Hayato, porém compreendeu que a gata havia sido encontrada em Shiga.
— Tem o número de telefone dessa pessoa?
— Não tem... Ah, já responderam. Disseram que ainda estão cuidando dela. Para evitar fraude, é para contatarmos a polícia onde foi feito o boletim de ocorrência, ou mandar uma foto. Hum, então é assim que funciona.
— Uma foto? Podemos pedir uma para a família Watanabe.
— Eu tirei uma foto daquele cartaz, então foi o que mandei. Acho que é melhor não mentir, então decidi dizer que vi o cartaz no mural público. E é verdade. Ah, responderam. Disseram que é essa gata. O que a gente faz, vovô?
Mesmo com aquela pergunta, Tatsuya ainda não conseguia compreender a situação.
— O que... você acha que é melhor fazer?
— Acho melhor falar com os Watanabe e deixar que eles entrem em contato com a polícia. Pela DM, eles pareceram ser boas pessoas, então vai ficar tudo bem.
— Dê-eme?
— É como se fosse um e-mail que pode ser trocado diretamente entre as pessoas — respondeu Hayato, sem muita expressão.

Ele fez tudo o que pôde e esperou o avô se decidir.

Tatsuya refletiu. De fato, talvez fosse melhor não se envolver demais nessa situação. Apesar de serem praticamente vizinhos, ele e os donos do gato mal se falavam. Seria chato e trabalhoso. Ele também não sabia nada sobre gatos. Só que eram grandes e quentes. Não era como se ele quisesse ter um ou algo assim. Se lhe perguntassem se ele gosta dos bichos, provavelmente responderia que não.

Tornar as coisas chatas ou trabalhosas é uma escolha pessoal. Tatsuya não estava trancado em uma gaiola, ele era livre. Era verdade que não gostava de gatos. Não tinha nada de errado nisso. Ele escolheu não omitir nada.

— Vou ver com meus olhos. Depois falo com a família Watanabe.

— Certo. Então vou com você. Vou pedir apenas para vermos a gata.

Hayato agiu rapidamente e entrou em contato com a pessoa que resgatou o animal, marcando um encontro para o mesmo dia. No trem a caminho de Shiga, o neto mostrou a Tatsuya seu celular. Era um vídeo da gata que havia sido publicado pelas pessoas que a resgataram. Ela estava deitada de barriga para cima, como se fosse um tapete, e várias pessoas faziam carinho nela. Foi como aquele médico tinha dito, a família cuidava muito bem dela.

— O pessoal de um abrigo de gatos de Quioto fez um comentário na página dessas pessoas dizendo que, caso alguém resgate um gato, deve entrar em contato com o serviço de saúde pública, a prefeitura ou a polícia.

— Mas se entrarem em contato com o serviço de saúde pública não vão levar a gata embora?

— Parece que podem ficar com ela se preencherem um formulário de animal perdido. O funcionário do abrigo explicou direitinho.

Na tela do celular, havia um comentário escrito pelo vice-diretor do abrigo, chamado Kajiwara. Porém, apesar de ser legível, a fonte era muito pequena para Tatsuya, que não estava acostumado com celulares e não conseguia ler direito. Hayato riu enquanto o avô movia os óculos de leitura para a frente e para trás.

— Se a pessoa que perdeu a gata também tivesse informado a prefeitura, o cruzamento de informações teria sido mais rápido. Acho que a família Watanabe só colocou o cartaz no mural de avisos, né? Se eles procurassem on-line, veriam algumas pessoas que publicam esse tipo de anúncio.

— Idosos não conseguem pensar assim. Se eu estivesse no lugar dos Watanabe, também só colocaria um cartaz no mural de avisos da vizinhança ou em algum poste de telefone.

— Mas eles só puseram o telefone de casa naquele cartaz — disse Hayato, apoiando o queixo na mão e olhando pela janela.

Estavam na linha local, seguindo para leste da estação de Quioto. Da janela, podiam ver o lago Biwa. Fazia tempo que Tatsuya não ia para tão longe de casa.

Ele e o neto foram ver a gata.

— Sogro, o senhor aceitou uma posição na associação de moradores?

— Aceitei.

Tatsuya cruzou os braços diante da grande quantidade de documentos espalhada pela mesa de jantar, perguntando-se por onde começar. Ele havia se encontrado com o presidente da associação e pegou os documentos que estavam em sua posse. Os moradores do distrito estavam envelhecendo e havia poucos funcionários, então ele foi recebido com entusiasmo.

— Aceitei o trabalho, mas não achei que eu fosse ser o chefe do comitê de prevenção de desastres, tesoureiro e membro do comitê regional, tudo de uma vez. Bom, vou fazer as coisas aos poucos.

— Uau, três funções! — comentou Ayumi, com uma expressão confusa no rosto, que mesclava alegria e preocupação.

Tatsuya sabia que, se ficasse muito agitado, as coisas não iam dar certo. Ele já tinha 78 anos. Não ia se forçar a nada.

— E se a gente modernizasse as coisas um pouco?

Ao ouvir aquilo e levantar o rosto, viu Hayato sentado à sua frente, com o cabelo bagunçado de quem acabou de acordar. Ele segurava uma folha de papel desbotada.

— Desse jeito, você não vai conseguir ver nada direito. É melhor digitalizar tudo e descartar o papel — comentou o neto.

— Se você fizer essas coisas incompreensíveis, os velhos não vão conseguir te acompanhar.

— Para poder passar para a próxima geração, é melhor diminuir essa cultura desnecessária do papel. Não tem perda, é uma integração a nós.

— Não tô entendendo nada — respondeu Tatsuya.

Ele não tinha ouvido nem metade do que o neto havia falado. Não ouvia porque não entendia.

Hayato deu um sorriso sonolento.

— Aquele mural de avisos, por exemplo. Depois daquilo, fiquei pensando. Acho que ter uma versão analógica ainda é necessário, pois tem muita gente que não se dá bem com o mundo digital. Mas apenas com os cartazes não teríamos encontrado a srta. Michiko. Assim como teria sido difícil encontrar os donos só usando as redes sociais. Por isso, acho que devemos conectar os dois.

— Realmente, não entendi nada.

— Acho que seria bom se o senhor e eu nos juntássemos, vovô. Estamos trabalhando com esse tipo de inovação na escola e poderíamos usar o nosso bairro como modelo.

— Não entendi nada do que você falou. Você pode pegar esse caderno de contabilidade?

— Sim, senhor — disse Hayato, rindo.

Cada geração tem suas percepções e formas de se comunicar, que às vezes entram em conflito. É difícil compreender. Ayumi ainda falava que Hayato estava se isolando, e Hayato era contra os passeios noturnos do avô. Já Tatsuya também ficava relutante de fazer qualquer coisa inovadora.

No entanto, em seus 78 anos, aquela era a primeira vez que tinha uma experiência além da sua compreensão. A gata que fora conferir em Shiga era mesmo a gata daquela clínica. A esposa da família que a encontrara havia levado a srta. Michiko como se fosse uma grande sacola. A gata se deixava abraçar, e a expressão de insatisfação e a recusa a se mexer eram exatamente as mesmas. Pelo visto, a família fazia um churrasco no lago Biwa quando uma das crianças encontrou Michiko andando lentamente por lá. Por ela usar coleira, a levaram à polícia, mas como ela havia saído de sua região e não havia troca de informações de animais perdidos, o período de busca de Michiko estava acabando e ela seria adotada pela família que a resgatou.

A esposa e as crianças da família choravam. Ela era muito amada, e eles ficaram espantados quando Tatsuya mostrou a coleira rosa, pois Michiko a estava usando até o dia anterior. Ela não tinha ido para nenhum outro lugar desde que a resgataram, ficara o tempo inteiro circulando preguiçosamente pela casa. Também disseram que nunca tinham ouvido falar do nome da clínica e nem do endereço.

Ele achava que era tudo verdade e algumas coisas eram ilusão. A esposa da família que resgatou Michiko estava muito interessada na Clínica Kokoro, e Tatsuya teve a impressão de que ela espalharia o rumor aos quatro ventos. Será que a porta abriria quando alguém fosse lá? Será que a pessoa precisava estar desesperada para abrir a porta, como o homem do colar magnético?

Ele era um sujeito questionável, mas gentil à sua maneira. Tatsuya pensou que seria bom se alguém que fosse ao prédio por causa dos rumores comprasse um colar magnético.

Então, em algum momento, ele faria uma visita à casa da família Watanabe e tiraria uma foto da srta. Michiko. Se ela estivesse bem, mandaria a foto para a família que a resgatou.

Agora Tatsuya estava aprendendo a usar o celular.

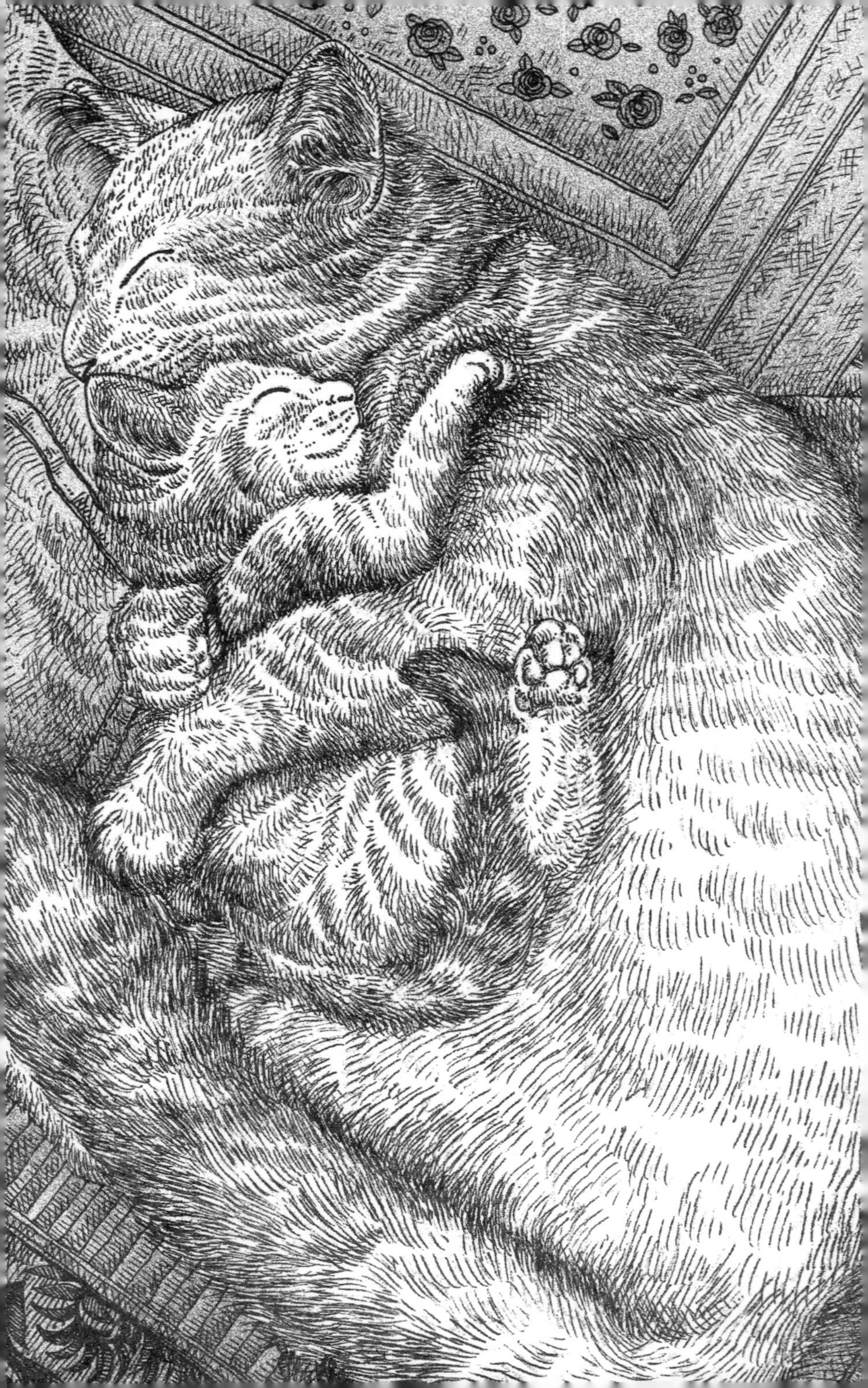

# CAPÍTULO 3

Ela percebeu assim que voltou da faculdade. Viu a mãe de costas, feliz na cozinha.

"Essa não", pensou Leona, ao ver as mensagens que trocara com o irmão mais velho. Elas haviam sido lidas, mas ele não tinha avisado a mãe.

— Mãe? — chamou, relutante.

A mãe estava passando um camarão na massa para *tempura*.

— Ah, você está aí. Daqui a pouco o Tomoya vai chegar, então espere um pouco. Quero servir a comida ainda quente para vocês.

Seu tom de voz era completamente diferente. Perto do fogão, havia uma pilha de coisas para fritura além do camarão. Devia haver outras comidas prediletas do irmão na geladeira. Irritada com a alegria da mãe, Leona não teve escolha.

— Tomoya disse que não vai voltar hoje.

Então a mãe foi correndo da cozinha até ela.

— Por quê?

— Apareceu um trabalho de última hora.

— Ninguém me avisou.

A mãe revirou os olhos, indignada. Mas a indignação não foi direcionada ao filho que quebrara a promessa, e sim a Leona.

— E por que você não me avisou antes? Acabei preparando essa comida toda.

— Porque ele disse que te avisaria.

— Mas ele não avisou. Se você sabia, deveria ter me ligado.

Leona sabia que a mãe ficaria chateada, então pediu ao irmão que ele mesmo contasse. Entretanto, a mãe falava como se a filha tivesse escondido o fato.

Se era para a mãe ficar brava, que fosse com o irmão. Mas falar isso naquele momento serviria apenas para colocar mais lenha na fogueira. A mãe olhou para a cozinha, parecendo triste.

— E agora? Eu fiz um monte de comida...

— Não tem problema, é só todo mundo comer — disse Leona, baixinho.

Desanimada, a mãe voltou para a cozinha.

Tomoya, seu irmão mais velho, morava sozinho em Quioto fazia vários anos. Ele voltava para casa apenas no Ano-Novo, e a cada seis meses atendia às súplicas da mãe e dava o ar da graça. Ele deveria aparecer para jantar naquele dia, mas um trabalho repentino havia surgido e ele não pôde ir. Leona pediu que ele avisasse a mãe deles, mas Tomoya devia ter ficado ocupado e esquecido. Seu irmão era gentil, mas não ligava para nada.

Leona tinha vinte anos e o irmão, 29. Como a diferença de idade era grande, durante a infância ela o via como um adulto. No entanto, quando Leona cresceu e ele saiu de casa, ela percebeu como o irmão era irresponsável, além de um pouco insensível e frágil. Em ocasiões como a daquele dia, ele sempre tentava colocar Leona como intermediária na comunicação com a família. Ela achava que provavelmente era por causa da pressão que a mãe fazia para ele voltar para casa.

Era uma chatice, mas depois ela faria o irmão ligar para casa. O humor da mãe melhoraria só de ouvir a voz do filho.

Ela escutou um tilintar baixinho e viu Hajime, a gata, esfregando a cabeça em seu pé.

— Oi, oi — disse Leona.

Ela ficou parada, esperando Hajime terminar de esfregar a cabeça nela. Toda vez que a gata se mexia, o guizo em sua coleira tilintava. Hajime não gostava de ser acariciada — gostava era de esfregar a cabeça na perna das pessoas. Seu corpo todo tinha listras cor de mel e seus olhos também eram de um tom de mel meio esverdeado. Quando o irmão estava no ensino fundamental, ele ganhara uma filhote que nascera na casa de um colega de turma, e agora aquela gatinha já estava com 14 anos.

Seu pelo costumava ser de um marrom-claro lustroso, mas, talvez por causa da idade, virou um amarelo quase ocre, como a cor de um tatame. A cor dos olhos também havia desbotado, feito as bordas de um tatame envelhecido. Hajime encostou o focinho na palma da mão da garota. Estava frio e úmido.

— Hajime tá parecendo o nosso tatame — comentou Leona.

Ela se lembrou da visita que tinha feito ao pet shop com sua amiga Moe algum tempo antes. Lá não havia gatos de raças mistas, como Hajime. Todos os gatos eram fofos como bichinhos de pelúcia, rolando pela vitrine, todos filhotes sofisticados, que não combinavam com uma casa antiga de cômodos em estilo tradicional japonês.

Aqueles gatinhos eram completamente diferentes de Hajime. Apesar de serem todos gatos, Hajime era Hajime, e não havia gata como ela. Quando terminou de transferir seu cheiro para Leona, a felina rapidamente se retirou para o quarto dos fundos.

O celular da garota apitou. Era uma mensagem de Shōsuke.

— Mãe, vou jantar depois.

— O quê?! Como assim, até você? O jantar já está pronto.

— Desculpa. Pode ir comendo. Vou na casa do Shōsuke.

Então, ignorando as reclamações da mãe, Leona saiu de casa.

Depois de mais ou menos dez minutos de caminhada, ela chegou à casa de Shōsuke Kunieda e abriu a porta sem tocar o interfone.

— Com licença! É a Leona, estou entrando — disse em direção aos fundos da casa, e a mãe de Shōsuke apareceu da sala de estar.

— Oi, Leona. Ele acabou de chegar do cursinho.

Ela subiu até o segundo andar e entrou no quarto sem bater. Shōsuke estava sentado no chão com as pernas cruzadas, de costas para ela.

— Oi, qual é a emergência? Você conseguiu um personagem raro no *gachapon*?

Shōsuke não se virou nem quando Leona falou com ele. Ela se voltou para a estante, procurando algum mangá que ainda não tinha lido.

— Não tem nenhuma edição nova... Ei, eu dispensei *tempura* de camarão fresquinho pra vir até aqui. Tudo bem que não foi preparado pra mim, mas...

Metade da estante estava tomada por livros preparatórios para o vestibular, todos usados e desgastados. Shōsuke era seu amigo de infância — os dois tinham a mesma idade e aquele seria seu terceiro ano tentando entrar na Universidade de Quioto. Ele não acreditava que passaria de primeira, mas disse que a segunda vez seria pra valer. No entanto, ele não obteve a nota necessária em nenhuma das duas, e no próximo inverno faria sua terceira tentativa.

Shōsuke continuou de costas, mas agora virado para a escrivaninha. Ele não achava ruim quando Leona o visitava e ficava a maior parte do tempo estudando enquanto falava com ela.

Entretanto, ultimamente passava mais tempo jogando, lendo mangás e dormindo. Ele estava fazendo cursinho, mas o ritmo dos estudos nitidamente tinha diminuído. Shōsuke sabia disso melhor do que qualquer pessoa.

Sem querer pressioná-lo, Leona continuou o falatório:

— Sério, minha mãe ama demais o meu irmão... Quando ela soube que ele não voltaria pra casa, ficou brava comigo. Mas não tem o que fazer. Gatos não estão nem aí para os humanos.

— Gatos? — questionou Shōsuke, ainda de pernas cruzadas, sem olhar para a amiga.

— É. Você sabe que meu irmão trabalha em um abrigo de gatos em Minami. Parece que isso de resgatar e deslocar os gatos deixa ele bem ocupado. Apesar de ser o vice-diretor do abrigo, ele é praticamente um faz-tudo.

— Isso provavelmente é mentira.

Pelo tom de voz, Shōsuke parecia estar ridicularizando Leona, rindo e zombando. Ela se irritou.

O irmão dela não era do tipo que mentiria para não ver a família. Pelo contrário: ela bem que gostaria que ele fosse bom em mentir. Shōsuke, seu amigo há tanto tempo, sabia disso.

— Como assim? Se não é pelo trabalho, por que...

Leona estava pronta para reclamar, mas levou um susto ao ver uma faixa fina e fofa que parecia de cânhamo em cima do joelho de Shōsuke. Ela balançava para a frente e para trás.

— Espera aí!

Surpresa com aquele movimento familiar, ela pulou nas costas do amigo. Entre as pernas cruzadas dele, havia uma mescla de pelos cinza e marrom.

— Mentira! O que é isso?!

— Uma gata, ora.

— Isso eu sei. Nós também temos uma. Mas por que...

Leona se surpreendeu novamente. A gata virou a cabeça. Seus olhos redondinhos eram azul-acinzentados.

A cor daqueles olhos, se não estava enganada, era o que chamam de "azul filhote". Um azul ansioso.

A gatinha lutava para sair do colo de Shōsuke. As patas eram tão curtas! Ela tentava sair com todas as forças, mas continuava tateando o ar.

— Que lindinha — comentou Leona, feliz com tanta fofura, a voz denunciando seu encanto pela filhote.

— É uma munchkin?

— É o que parece.

Shōsuke lhe entregou um papel. Ela pegou e leu em voz alta.

— "Nome: Shasha. Fêmea. Idade estimada: dois meses. Munchkin. Alimento: quantidade adequada de ração de manhã e à noite. Água: fornecer regularmente. Limpeza das fezes e urina: quando necessário. Este é um período muito importante em seu crescimento. Ela demonstra interesse em tudo e se desenvolve com novos desafios. Como gosta de brincar de forma imprudente, tome muito cuidado para que não pule de lugares muito altos, engula coisas ou que tenha outros tipos de incidente. Não deixe que saia de casa. Isso é tudo." O que é esse negócio?

— As instruções da gata. Me deram junto com várias outras coisas.

Na sua frente havia os suprimentos necessários para cuidar de um gato, como potes de comida e um saco de ração. Coisas que nunca estiveram no quarto de Shōsuke, desde que ela começara a frequentá-lo, ainda criança. O garoto sempre gostou de estudar e suas notas eram excelentes. E os dois continuavam muito amigos, mesmo agora, já com mais de vinte anos. Quando tinham algum problema, pediam conselhos um para o outro; quando ele foi mal no vestibular e ficou triste por ter que passar mais um ano se preparando para a prova, eles souberam manter uma distância apropriada.

Shōsuke agora tinha uma gatinha em casa. A raça munchkin, de porte pequeno e patas curtas, era bastante popular. Se tivesse que escolher uma raça de acordo com a fofura, essa com certeza estaria no topo. Mas será que ele tinha levado as outras coisas em consideração?

Os bichanos não são todos iguais, simplesmente parte de um grande grupo definido como "gatos". Os tipos de cuidado, as características e mesmo o tempo de vida variam de acordo com a raça. Se ele tivesse lhe perguntado antes, ela teria dado alguns conselhos ao amigo. Mas não queria criticar a gatinha que já estava ali.

— É realmente uma emergência — comentou Leona, em um tom propositalmente leve. — Você não a pegou por impulso, né?

— Não. Ela foi receitada pela clínica.

Shōsuke olhou para a gata e riu, como se estivesse encrencado. Ela tentava escapar do cerco formado por suas pernas, e ele impedia sua fuga, levantando os joelhos ou cobrindo as coxas.

Observando aqueles gestos adoráveis, Leona voltou a perguntar:

— O que você disse?
— Que ela foi receitada.
— O quê?
— A gata.
— Por quem?
— Pelo Tomo. Ele é um maluco... A gente estava em um prédio antigo no final de um beco em Nakagyō, e foi bem... maluco. "Tomo é maluco. Meu irmão? Maluco?"
Enquanto via a gatinha escalar as pernas de Shōsuke, Leona lembrou que sua amiga Moe também tinha se perdido em um beco em Nakagyō.

No dia seguinte, Leona visitou novamente o amigo. Já eram nove e meia da noite, um horário em que era considerado falta de educação ir à casa de outras pessoas.
Ela sabia que a porta estaria trancada, então avisou antes. Ligou quando estava na frente da casa, e, antes que a ligação completasse, a porta abriu. Era Shōsuke.
— Você tá atrasada. Estava trabalhando no templo Nanzenji?
— Pois é. Estava muito agitado. Por que será que *yudofu* é tão popular? Eu sei que é gostoso, mas não tem *yudofu* nas outras províncias?
— É mais legal comer em Quioto, tem uma atmosfera mais elegante.
Enquanto conversavam e subiam as escadas, a mãe de Shōsuke espiou da sala de estar.
— Oi, Leona. Shōsuke, já está tarde, então leve a sua amiga para casa quando ela for embora.
— Eu sei — disse ele friamente.
Leona procurou a gata assim que entrou no quarto.

— E a gata?

— Tá naquela caixa.

Shōsuke apontou para uma pequena caixa de papelão. Ao espiar, Leona viu a gata deitada de costas.

— Ela está dormindo.

— Sim.

— Dormindo, dormindo.

— Pois é.

A gata contorcia o corpo com as patas para cima, como se fosse uma criança se mexendo enquanto sonhava. Com as patas curtinhas, parecia meio boba. Leona estava na expectativa de brincar com ela, mas não podia acordá-la daquele sono gostoso. Na verdade, não conseguia conter o sorriso ao vê-la assim.

Ela poderia observar a gata dormindo por horas, mas se obrigou a sair de perto da caixa de papelão.

— Enfim, não é isso. Não vim ver a gata. Eu passei naquele lugar, depois da faculdade.

— Tomo estava lá, né? Ele parecia muito feliz, né?

Era como se Shōsuke sentisse pena. Realmente acreditava que o rapaz gentil da vizinhança acabara virando um médico sem licença suspeito.

Não é que Leona duvidasse do que o amigo lhe dissera. Moe já tinha lhe falado de uma clínica psiquiátrica em Nakagyō e as duas até foram procurar o tal consultório. Entretanto, assim como daquela vez com a amiga, ela não conseguiu encontrar o beco.

— Não tinha nada. Nem o prédio, nem a clínica. Também tentei falar com meu irmão, mas ele disse que tinha muitos gatos pra levar para vacinar, então só conversamos um pouquinho. Ele não tem tempo nem pra vir jantar, que dirá para ter um trabalho paralelo. Ele nem conseguiria se passar por médico, impossível.

— Mas aquele com certeza era o Tomo.

— Shōsuke, faz anos desde que você viu meu irmão pela última vez. Ele sempre teve um rosto comum.

— Que jeito de falar... — replicou Shōsuke, rindo.

Tomoya era esguio e tinha um rosto gentil. Não tinha qualquer característica especial, nem deixava uma impressão marcante. Já Shōsuke tinha olhos grandes e feições bem definidas. Não era bonito, mas Leona o achava fofo.

O amigo tinha emagrecido. Havia ficado bem perceptível nos últimos seis meses.

A vida de vestibulando não era fácil. Mas era melhor dar uma animada no ambiente do que perguntar o óbvio. Quando pensou em falar mal do irmão para ter assunto, viram que a caixa de papelão estava se mexendo.

De repente, seu coração foi arrebatado.

— Ah, a gata acordou!

— Parece que sim.

Antes que Leona pudesse tirar a gata de lá, a caixa virou de lado com o peso da filhote. Uma criatura pequena e fofinha, cinza com mesclas de marrom, rolou para fora da caixa, enrolada em uma toalha.

— Olha só. Você conseguiu sair sozinha.

— Ela tem muita disposição. Não fica parada de jeito nenhum quando está acordada.

A gatinha se revirou duas ou três vezes, com as unhas presas na toalha. A cena era muito fofa, mas ela parecia estar em apuros.

— O que ela fez hoje? Foi a tia quem cuidou dela?

— Não. Tive aula on-line, então fiquei aqui. Mais brinquei do que estudei, na verdade.

Shōsuke olhava com carinho para a filhote. Ele parecia mais gentil do que no dia anterior. Pelo visto, a gata era um medicamento poderoso.

— Ela é pequenininha, mas muito corajosa. Olha só.

Movendo as patinhas meio sem jeito, a gata correu para a lateral da cama. Em seguida, tentou pular no lençol, mas não alcançou o topo e acabou rolando.

No entanto, não desistiu. Pulou de novo. E saiu rolando. A princípio, Leona sorria com a fofura da cena, mas começou a ficar preocupada com a filhote rolando tantas vezes.

— Isso não é perigoso?

— Não, tá tudo bem. Olha.

Shōsuke sorriu, acompanhando fixamente os movimentos da gata. Ela se apoiou nas pernas e deu um pulinho. Ainda não conseguira alcançar o topo da cama.

— Você consegue, Shasha.

Shōsuke cerrou o punho. Leona fez o mesmo.

— Vai, Shasha!

Os dois ficaram observando os movimentos da gata. Até que a bichana pulou e finalmente conseguiu cravar as unhas no lençol. Com muito esforço, escalou até o topo.

— Incrível, Shasha! Você conseguiu!

— Pois é. Ela tenta e tenta até conseguir. Ontem subiu em um livro. Agora há pouco, na mochila. Ela tenta pular em lugares cada vez mais altos. Gatos se desenvolvem muito rápido. O que ela não conseguia fazer ontem, hoje consegue. Quanto mais ela tenta, mais alto consegue pular.

— Entendi.

Leona assentiu, feliz. Shōsuke com certeza se via na gata. Assim como dizia naquelas instruções, gatos crescem ao serem desafiados e, assim como a destemida Shasha, ele continuaria se esforçando até ser aprovado na faculdade.

— Leona, vou desistir de entrar na Universidade de Quioto.

— O quê?!

O rosto sorridente de Leona congelou. Shōsuke abriu um sorriso superficial.

— Pra falar a verdade, estou com dificuldades há algum tempo. Mas não conseguia desistir e continuei tentando, como a Shasha. Só que ela progride e pula cada vez mais alto, né? Enquanto eu não consegui alcançar nada. Não importa o quanto eu salte, a distância não diminui. Eu tinha noção disso, mas não sabia quando parar. Queria que alguém me dissesse pra parar. Por isso eu recorri ao Tomo... e àquela clínica estranha. E então recebi essa gata.

Shōsuke pegou Shasha, que estava em cima da cama.

— A gata foi receitada por apenas três dias, com efeito imediato. Tenho que devolvê-la amanhã.

— O quê? Você não vai ficar com ela?

— Não. Não é que eu tenha desistido de ir para a faculdade. Eu quero ir pra uma universidade particular. Ainda tenho que convencer meus pais, recalcular a rota e voltar a estudar. Mas se eu tiver uma coisinha fofa assim, não vou conseguir me concentrar. Sei que não vou conseguir dar atenção a ela, então é melhor não ficar com a gata. Não é?

Shōsuke encostou o nariz no da gata.

— Que gelado! — disse, dando uma risada sem graça, e afastou o rosto. Em seguida, encostou a testa. — Desistir é diferente de fugir. É preciso coragem para desistir de algo que você não consegue alcançar e pular para um novo lugar. — Ele fechou os olhos.

— Você e eu somos corajosos.

— Entendi. — Foi tudo que Leona conseguiu dizer.

Um amigo de infância que tinha evoluído com o tempo. Uma gatinha que ela achou que cresceria lá. De repente, sentiu como se fosse a única que houvesse ficado para trás.

Então se deu conta de algo.

— Você vai à clínica devolver a gatinha amanhã?

— Vou.

— Eu vou com você! Também quero ir!

A clínica estranha cujo médico se parecia com o irmão dela. Era frustrante que Moe e Shōsuke conseguissem ir àquele lugar, mas ela, não.

— Eu vou com você, não quero nem saber!

— Tá bom, tá bom — respondeu Shōsuke, surpreso.

Parecendo sonolenta, a gata adormeceu nos braços dele enquanto amassava pãozinho.

Quando a aula acabou, Leona saiu correndo da faculdade. Tinha trocado seu turno no trabalho e ia direto para a casa de Shōsuke, onde pegariam a gata e a levariam de volta para a clínica. Ela sentia que algo peculiar iria acontecer e estava animada.

Porém, assim que deu uma conferida no celular, não pôde evitar olhar para o céu. Seu irmão acabara de avisar que voltaria para casa naquela noite.

Apesar de ficar feliz com a notícia, quando o irmão voltava para casa, a mãe gostava de jantar com a família inteira. O único que poderia se ausentar era o pai, que estava ocupado com o trabalho.

— Por que logo hoje? Para começo de conversa, eu nem preciso estar lá. Se meu irmão estiver, tá tudo certo.

Mas não tinha jeito. Quando ele chegasse, ela comeria depressa e sairia.

Assim que Leona chegou em casa, no entanto, Tomoya estava sentado na sala de estar, digitando algo em seu notebook. Aquela era uma cena rara, pois ele sempre aparecia depois do trabalho.

— Oi, Tomo. O que aconteceu? Ainda são cinco da tarde. Não é cedo pra você estar aqui?

— Tinha uma doação de bens de ajuda humanitária acontecendo aqui perto. Não consegui vir naquele dia, então pensei em aparecer hoje.

— Nossa. Que milagre você se importar assim.

— Como assim, "milagre"?

Tomoya sorriu gentilmente. O casaco estava empoeirado, provavelmente sujara enquanto ele carregava as doações. O cabelo, comprido demais. Quando se encontraram seis meses antes, ele estava mais arrumado.

O irmão parecia bastante ocupado. Ela não podia mais reclamar do cancelamento de última hora no outro dia, ou da repentina visita. Mesmo sem isso, sempre que ela queria reclamar para o irmão, sua mãe se metia na conversa e a irritava. Entretanto, não havia ninguém na cozinha.

— E a mamãe?

— Ela deu uma ida rápida ao distrito comercial. Eu disse que iria embora logo, mas ela insistiu para eu comer aqui. Falou que compraria sushi.

Tomoya tinha um sorrisinho no rosto.

"Dá para comer sushi em qualquer lugar...", pensou Leona. Estava cansada de ver a mãe tentar manter o filho em casa. Quando se tratava do irmão, ela sempre corria sozinha por aí.

Ouviu-se um tilintar e Hajime espiou da sala. Suas orelhinhas estavam de pé e seus olhos claros castanho-esverdeados, bem abertos.

— Oi, Hajime. Você tá bem? — cumprimentou Tomoya, e a gata parou de se mexer.

Seu olhar era penetrante, como o de uma gata de rua à beira da estrada. Depois de encará-lo por um tempo, ela voltou para a sala dos fundos.

— Fria como sempre — disse Tomoya, rindo.

Hajime não gostava de homens. Ela não era próxima nem de Tomoya, nem do pai, que desistira de se aproximar havia muito tempo e agora nem reparava na gata. Tomoya sempre tentava falar com ela, mas era ignorado.

Se estivesse no lugar dele, Leona ficaria triste se o gato que ela trouxera para casa não se apegasse a ela. Seu irmão, porém, nunca demonstrou tal sentimento, e mesmo assim sempre cuidava da gata quando ainda morava lá. Entretanto, gatos não são criaturas que se deixam influenciar por gratidão ou afeto — não importa o quanto se faça por eles, os gatos vão retornar o afeto àqueles a quem escolheram. Apesar de Tomoya ter mais familiaridade no trato com gatos, Hajime o tratava com indiferença.

Mas talvez ele recebesse esse afeto do próprio gato. O irmão, que morava sozinho, também tinha um em casa.

— E o Nike?
— Ele só sabe dormir. Faz um tempo que não o vejo acordado.
— Entendo. Hajime agora só dorme também. É uma senhorinha.
— E a comida? Ela tá comendo bem?
— Come devagarinho. A ração é macia, para gatos idosos.
— Ração úmida estraga fácil, então é melhor dar pouquinho e jogar o resto fora. Como você vai pra faculdade, é difícil dar todos os dias, mas tente fazer isso sempre que achar que ela precisa.
— Tá.

Seu irmão era uma pessoa calma. O tempo parecia passar mais devagar quando estava com ele, e a conversa também a tranquilizava.

O celular de Tomoya apitou. Depois de ler a mensagem, ele respirou fundo.

— É a mamãe. O supermercado está lotado, então ela vai demorar um pouco.
— Bom, já está anoitecendo, é a hora em que fica mais cheio.
— Pois é.

Ao dizer isso, Tomoya fechou os olhos, com uma expressão estranhamente triste. Ele parecia querer voltar para casa.

— Tomo, se você tem alguma coisa pra fazer, fala pra ela que você precisa ir embora.
— Não é um compromisso, é só que... Não, deixa pra lá. Já vim aqui, não posso ir embora agora. Tudo bem. Eu vou depois de comer.

Ele falava como se fosse algo muito importante. O tempo passava devagar, mas às vezes o irmão era um cabeça de vento.

Ao saber que a mãe se atrasaria, Leona desistiu de esperar. Elas provavelmente acabariam brigando depois, mas não se importava.

— Tomo, vou sair com o Shōsuke agora. Ter você aqui já é o suficiente pra mamãe. Então posso ir?

— Ah, você tem um encontro com o Shō? Vocês ainda são bem próximos, né? É lógico, pode ir.

— Obrigada. E não é um encontro. — Leona riu. — É segredo, mas vamos a uma clínica psiquiátrica. Parece que o Shōsuke está um pouco cansado da vida de vestibulando. Você conhece esse lugar, Tomo? Fica ali pela avenida Fuyachō. É uma clínica estranha, que receita gatos.

— Receita gatos? — perguntou Tomoya, inclinando a cabeça.

— É. Eu não quis falar pro Shōsuke, mas acharia esquisito deixar meu gato com outra pessoa. O que você acha?

— Você está falando da clínica do dr. Kokoro, não é? — Tomoya deu uma risadinha. — O nome do médico é Kokoro, então as pessoas confundem bastante, já que a palavra significa mente, sentimentos. Não é uma clínica psiquiátrica, mas tem gatos. Caso ele queira brincar com gatos, fale ao Shō para ir ao nosso abrigo. Temos animais que estão se acostumando com pessoas e outros que precisam fazer exercícios pra emagrecer.

— Sei. Entendi.

Apesar de algumas discrepâncias entre as histórias, o irmão também conhecia a clínica misteriosa no distrito de Nakagyō. Pelo visto, o tal dr. Kokoro era famoso.

Quando Leona foi encontrar Shōsuke depois do cursinho, ele já esperava por ela, com Shasha na caixa de transporte. A garota queria aproveitar um pouco mais o peso daquela gata tão pequena, então foi carregando a caixa. Os dois se dirigiram para a clínica.

— Obrigado por ontem. Por ter ficado quando falei da faculdade.

— De nada. Nem a tia, nem o tio pareceram tão surpresos assim.

— Isso é porque eu já reprovei duas vezes no vestibular. Bom, a faculdade em que quero entrar agora fica em outra província, então, se eu for aprovado, vou ter que morar no dormitório estudantil. Fiquei espantado com o preço.

— Mas a tia e o tio se importam muito com você. Lá em casa, fazem tudo o que podem pelo meu irmão, mas não ligam pra mim. Fui eu que escolhi ir para a faculdade e, quando chego tarde do trabalho, todo mundo ignora. Sua mãe sempre se preocupa que eu chegue bem em casa, ela é bem mais bondosa do que a minha.

— Mas pais que conhecem os amigos há muito tempo são assim mesmo. E essa coisa da sua casa não é por ser você. Até para mim o Tomo parece meio desconectado do mundo, então entendo a preocupação dos seus pais. Ele faz sucesso com as garotas? Como posso dizer... Ele é do tipo que desperta o instinto maternal?

— Como irmã mais nova, esse é o tipo de coisa que não quero nem saber. Me dá até um calafrio.

Leona deu de ombros. Seu irmão era solteiro, até onde sabia. Ela não fazia ideia se ele tinha ou não um relacionamento. Como ele só se importava com animais, Leona achava que o irmão ignorava esses assuntos. Tomo parecia do tipo que se importaria mais com um gato do que com a namorada.

— Cuidado onde pisa — disse Shōsuke. — Tem um degrau.
— O quê?

Ao olhar para baixo, a garota viu que os dedos de seus pés tocavam o degrau da escada da entrada. Antes que se desse conta, estava diante de um prédio longo e estreito, com um corredor mal iluminado. Leona ficou atônita.

— Chegamos?
— Sim.
— Como viemos parar aqui?
— Como assim? Que comentário esquisito. Vamos.

Ao chegarem, Leona viu que havia mesmo uma clínica em uma sala no quinto andar. O interior era bem organizado e uma enfermeira estava sentada na recepção.

— Sr. Kunieda, veio devolver o gato, certo? O doutor está esperando, pode entrar.

Ela parecia uma mulher de temperamento forte. Nem tinha olhado para Leona. Geralmente, apenas pacientes entram no consultório. No entanto, já que fora até ali, a garota queria ver o médico peculiar que receitava gatos.

— Com licença, enfermeira. Eu sou amiga dele, será que posso entrar junto?

— Você é paciente? — A enfermeira levantou o olhar.

— Não, sou acompanhante.

— Paciente, certo? — repetiu a enfermeira, com indiferença.

— Se sim, pode entrar. O doutor está esperando.

A mulher não era nem um pouco amigável. Como Shōsuke entrara no consultório, Leona foi atrás, carregando a caixa de transporte. Havia apenas uma cadeira dobrável, uma mesa e um computador. O espaço era pequeno demais para duas pessoas em pé.

— É apertado aqui. Tudo bem ficarmos assim tão perto? Que irritante.

— Pois é, né? Essa é a primeira vez que venho em uma clínica psiquiátrica, mas é cheia de coisas esquisitas.

Shōsuke se sentou na cadeira e Leona permaneceu de pé, segurando a caixa de transporte.

Como o espaço era apertado, a garota estava com as costas apoiadas na parede. Ela observou o consultório. Então aquela era a clínica do dr. Kokoro... Não apenas o consultório era pequeno como também não tinha equipamentos. Era apenas um espaço para conversar.

— Hum.

— O que foi? Você parece incomodada.

— Não é nada. Só estava me perguntando por que você não falou comigo antes de procurar uma clínica. Não sabia que você estava preocupado.

— Bom, é que, se eu tivesse falado, você provavelmente seria direta e me mandaria parar de enrolar.

Shōsuke ficou com uma expressão envergonhada. Falando daquela forma, parecia que ela era insensível. Quando Leona ia responder, a cortina nos fundos se abriu e um homem de jaleco branco entrou.

— Boa tarde, sr. Kunieda. Ah, você parece feliz. Pelo visto, a gata funcionou muito bem.

Sorrindo, ele se sentou na cadeira. E então olhou para Leona.

— Opa, opa. Não podemos ignorar essa daqui.

— To...

Tomoya.

Ela estava prestes a dizer, mas mal conseguiu conter as palavras na garganta. Suas bochechas tremiam de espanto.

Não era que eles fossem parecidos — o homem à sua frente tinha o rosto exatamente igual ao do irmão dela, Tomoya.

Não foi à toa que Shōsuke se confundiu. A silhueta, os traços, a textura e a cor da pele... Até mesmo a voz era idêntica.

Porém, eles eram diferentes. As expressões do sujeito eram diferentes das do irmão. Tomoya não sorria à toa como ele, e o jeito de falar do médico parecia o de um idoso. Como ela havia acabado de ver o irmão em casa, as diferenças ficavam ainda mais nítidas. Definitivamente, era outra pessoa.

Mas a semelhança era tanta que chegava a ser assustador.

— O que houve? — perguntou o médico para a relutante Leona.

— Suas bochechas parecem um pouco inchadas.

— Estão tremendo — respondeu ela na mesma hora.

Estava irritada que alguém com o mesmo rosto de Tomoya fizesse comentários tão frívolos. O médico riu.

— É mesmo? E como foi para você, sr. Kunieda? Alguém te falou para desistir?

— Não. — Shōsuke balançou a cabeça. — Eu mesmo falei.

— É mesmo? Que bom. Se tem algo que você deseja que te digam, é mais rápido dizer você mesmo. E mais prático. Bom, quando não conseguir dizer, peça a ajuda de um gato. Ele vai te dar um soquinho e bater um papo para te animar. Cuide-se. E quanto a você...

O médico olhou para Leona. Ele sorria e era amigável, mas não parecia muito simpático.

— É sua primeira vez na nossa clínica, certo? Pode me dizer o seu nome e a sua idade, por gentileza?

— Hum... — Ela estava perplexa. — Me chamo Kajiwara. Leona Kajiwara. Tenho vinte anos.

— E o que te traz aqui hoje?

— Não, não vim para me consultar. Estou só de acompanhante, vim trazer a gatinha.

Ela empurrou a caixa de transporte na direção do médico. Em seguida, ele a empurrou de volta.

— Quando quiser dizer alguma coisa, é mais rápido falar logo de uma vez. É também mais prático.

Aquela insinuação de que Leona estava insatisfeita com algo a deixou irritada.

— Mas eu não quero falar nada — replicou.

Então ele se inclinou para a frente e aproximou o rosto do dela, chegando tão perto que a assustou.

— Hunf. Vocês têm usado uma gata há bastante tempo, mas parece que ficaram dependentes demais dela, não é? De fato, um gato é a melhor opção para a felicidade de uma família, mas é preciso ser um pouco mais independente.

Ele estava falando de Hajime? Como ele sabia disso?

A coisa toda era mais do que desagradável — era assustadora. Aquele médico se parecia demais com Tomoya para ser apenas uma coincidência. Ver o irmão sério fazendo brincadeiras lhe dava calafrios.

Leona segurou a alça da caixa de transporte com mais força. Ela devolveria a gata e iria embora. Mas, antes que pudesse fazer isso, o médico mais uma vez aproximou o rosto do dela. Ele sorria com tranquilidade.

— O que te traz aqui hoje? — perguntou de novo.
Ele estava perto demais.
Como um gato aproximando de Leona a ponta úmida do focinho, ela via o nariz do médico borrado, assim como seus olhos. Ele estava perto demais e Leona não conseguia focar a visão. Diante daquela pergunta, ela ficou sem reação. Apenas respondeu, zonza:
— Eu não gosto da minha mãe.
Assim que falou, porém, ela se assustou.
— O que foi que eu disse?!
Suas palavras pareciam as de uma criança rebelde, e ela começou a suar frio. Não gostar da mãe soava infantil demais.
O médico riu, enquanto os olhos de Leona pareciam perdidos de vergonha.
— É mesmo?
— Não, nada disso. Esqueça o que eu disse. Finja que você não ouviu nada.
Ela balançou a cabeça freneticamente, e o médico sorriu.
— Minha audição é muito boa, então é impossível não ter ouvido. Bom, srta. Kajiwara, vou te receitar um gato. Isso. Vamos com a gata que está aí dentro?
— O quê? — Leona olhou para a caixa de transporte. — Com a Shasha?
— Isso. Ela já está aí, é perfeita. Essa gata...
— Espera aí! — Dessa vez, ela interrompeu mais abruptamente aquele médico que parecia seu irmão e o encarou. — Você não acha cruel tratar um gato como um objeto e falar assim, "ela já está aí"? Para começo de conversa, mesmo isso aqui sendo uma clínica psiquiátrica, acredito que seja estressante para um gato ser emprestado a pessoas desconhecidas.
— Esse é um mal-entendido recorrente, mas aqui não é uma clínica psiquiátrica. Além disso, os gatos não são emprestados. Se fosse assim, até eu seria arranhado. Aqui todo mundo tem uma personalidade forte, sabe?

O médico abaixou um pouco a cabeça e olhou para a abertura na caixa de transporte. Mas Shasha não reagiu.

— Oh, ela está fingindo. Mesmo sendo pequena, ela é uma ótima atriz. De qualquer maneira, gatos criam o próprio mundo, seja dentro de uma caixa pequena ou a céu aberto. Vivem nesse mundo apenas deles e não há nada que humanos possam fazer. Ninguém pode entrar, a não ser que eles deixem. É como uma porta que não abre.

O médico assentiu com uma expressão satisfeita. Leona ouviu aquilo intrigada. Não fazia nenhum sentido. O que ele queria dizer?

— Desculpa, mas eu gostaria que você levasse o estresse do gato em consideração...

O sujeito riu.

— Gatos são eficazes para pessoas que falam dessa forma. Vou te receitar esta gata, srta. Kajiwara, e não se esqueça da gata em sua casa. Continue usando as duas, por favor. Assim, vai atacar a área afetada com o dobro de eficácia — declarou o médico, como se estivesse em um comercial de remédio para resfriado, e riu mais uma vez.

Leona estava atônita.

— Ei, Leona — sussurrou Shōsuke. — Você tá bem? Isso foi esquisito.

— É. Ele falou que vai ter o dobro de eficácia.

— Não isso. — Shōsuke parecia estar com dificuldades para falar. — A coisa sobre a sua mãe. Você disse que não gosta dela.

— Ah... não, não é nada disso!

Sentiu o rosto esquentar. Caramba. Parecia que o amigo também não ia ignorar o que tinha ouvido. Envergonhada, Leona não conseguia olhar para Shōsuke.

— Não é verdade — disse ela. — Não leve a sério.

Sem conseguir pensar em uma boa desculpa, sua voz foi sumindo. Shōsuke riu sem jeito e assentiu.

— Tá bem.

O que aconteceu com ela? Era nervosismo porque o médico se parecia com Tomoya?

De fato, havia momentos em que ficava irritada com a mãe. Mas falar em voz alta fazia parecer algo odioso e desagradável. Ficar irritada era uma coisa, não gostar era outra.

— Vou receitar a gata por dez dias — anunciou o médico para Leona, que olhava para baixo, chateada. — Vou te dar uma receita, então pegue tudo o que for necessário na recepção e volte para casa.

Então Shōsuke perguntou:

— Por dez dias? Se ela ficar com a gata por tanto tempo, o tutor da Shasha não vai ficar preocupado?

— Não tem problema. Ela ainda não tem tutores. Esta filhote foi pega em um criadouro, mas o dono encontrou um gato de uma cor que gostou mais e a devolveu. Isso acontece bastante. Afinal, será um relacionamento longo. Não existe nada de errado em escolher um que te agrade, seja por conta da aparência ou da linhagem. Não temos como saber as mudanças que isso pode causar nas pessoas.

O que ele queria dizer? Ela ouviu a história com uma expressão vazia, sentindo-se desconfortável. Ela sentia o calor da gata atravessar a caixa de transporte que segurava com firmeza. Achou cruel que uma gata tão fofa tivesse sido devolvida.

— Certo. Estamos fechando por hoje. Minha bateria acabou. Se você conseguir dizer o que quer em dez dias, pode retornar.

O médico sorridente expulsou os dois do consultório. Ela ainda segurava a caixa de transporte, da mesma forma como quando entrou. Os amigos se entreolharam.

— Ele também receitou uma gata pra você, Leona.

— É... mas não foi por isso que eu vim.

— E agora? Você consegue tomar conta dela por dez dias? Você já tem uma gata em casa.

— Hajime é quietinha. Sendo uma senhorinha, não deve brigar... eu acho.

Leona estava atordoada. Não imaginou que a mesma coisa aconteceria com ela.

Até aquele momento, nenhum outro gato além de Hajime entrara em sua casa. As únicas vezes que a gata da família saíra de casa foram para tomar vacina no veterinário; logo, ela não sabia como o mundo funcionava e não conhecia outros gatos. Leona não tinha ideia de como a gata reagiria.

— Srta. Kajiwara.

Da recepção, a enfermeira fez um gesto com a mão. Leona entregou prontamente a receita que o médico lhe dera e recebeu uma sacola de papel em troca.

— São suprimentos. As instruções estão aí dentro. Por favor, leia com atenção.

— Eu levo — disse Shōsuke, pegando a sacola e tirando as instruções.

Os dois leram:

"Nome: Shasha. Fêmea. Idade estimada: dois meses. Munchkin. Alimento: quantidade adequada de ração de manhã e à noite. Água: fornecer regularmente. Limpeza das fezes e urina: quando necessário. Este é um período muito importante para o aprendizado da socialização. Ela aprende sobre dor e adaptação ao brincar com os irmãos. Certifique-se de que ela compreenda a não machucar os outros quando crescer. Não deixe que saia de casa. Isso é tudo."

O conteúdo era parecido com o do papel que Shōsuke recebera antes.

Do ponto de vista de quem já tinha um gato, não eram conselhos tão úteis. Dentro da sacola havia apenas o básico para se cuidar de um pet.

Confusa com os acontecimentos inesperados, Leona começou a ficar brava com todo aquele desleixo. O médico falara sobre o mundo dos gatos e tal, mas no fim das contas deixava tudo na mão do paciente. Se a pessoa fosse desleixada, quem sofria era o animal.

Ela sabia que tinha um temperamento forte, mas estourou com a enfermeira.

— Não é falta de cuidado deixar os gatos com outras pessoas? Shasha só tem dois meses, com certeza ela precisa de muito mais atenção.

— Sobre isso, você pode pesquisar por si mesma. Melhoras — respondeu a enfermeira, sem nem levantar o rosto.

Que mulher desagradável. Leona insistiu:

— Eu tenho um gato, então sei cuidar de um. Mas esse garoto aqui não sabia de nada e recebeu o mesmo manual de instruções. Isso não é maldade?

— Cabe a cada indivíduo decidir se deseja pesquisar sobre o que lhe é receitado ou simplesmente seguir o que lhe foi dito.

— Tem toda a razão — murmurou Shōsuke atrás de Leona.

Ela o encarou feio, mas o amigo fingiu não notar. Ele só tinha ficado do lado da enfermeira porque a mulher era bonita.

O médico era estranho e a enfermeira era arrogante. Teria sido melhor se ela nunca tivesse encontrado aquela clínica.

— Entendido. Meu irmão mais velho trabalha em um abrigo de resgate de gatos, então, se eu não souber alguma coisa, vou perguntar para ele. É um profissional confiável e que sabe tudo sobre gatos.

— Certo. Como o doutor já falou, assim que você conseguir dizer o que deseja, pode retornar.

— Sobre isso do que quero dizer...

— Melhoras.

— Hã?

— Melhoras.

Não importava o tom de voz que ela impunha, a enfermeira não se abalava. Ela tentou ter alguma vantagem, comparando o médico ao seu irmão, mas também foi ignorada. Ao saírem do consultório, Shōsuke falou, com um meio-sorriso:

— Foi a primeira vez que te vi perder uma discussão.

— Aquela enfermeira é muito irritante! — replicou Leona, levantando a voz.

Shasha tremeu dentro da caixa de transporte.

— Ah, desculpa. Não tô brava com você, Shasha. Tudo me irrita, menos você. Aquele médico, a enfermeira, eu mesma e até o Shōsuke.

— Eu também? Bom, eu fui a causa, né? Mas foi bom você ter vindo, Leona. Acho que você estava predestinada a vir.

— É óbvio que não. Eu não sei nem por que falei aquilo...

Leona hesitou. Shōsuke não a pressionou mais.

— E o que vai fazer com a gata? Se não for conveniente pra você, eu posso cuidar dela.

— Não precisa. Ela foi receitada pra mim, então vou cuidar dela em casa. Não vou fugir da responsabilidade.

— Mas o tio e a tia vão deixar?

— Vai dar tudo certo. Eu tenho um plano.

O pai dela não se importava com gatos, então não seria um problema. No entanto, com a mãe exigente seria mais complicado.

Mas Leona sabia como contornar a situação.

Leona levava a caixa de transporte para casa, acompanhada de Shōsuke.

— Obrigada por ter vindo até aqui. Pode deixar a Shasha comigo.

— Se não der certo, é só ligar. Ela pode ficar lá em casa.

— Uhum. Mas vai ficar tudo bem. Eu conferi, e meu irmão já voltou pro apartamento dele.

Após se despedir de Shōsuke, ela entrou em casa com uma expressão calma. O pai ainda não tinha voltado e a mãe estava na cozinha, lavando a louça. Ela parecia estar de bom humor, mas, assim que viu o rosto de Leona, começou a reclamar.

— Mas você, hein? Tomoya veio até aqui e você saiu! Quanto egoísmo...

"Eu também tenho minhas questões para resolver", pensou Leona. Geralmente ficaria irritada com um comentário daquele, mas dessa vez deixou passar. Ela se sentia culpada por ter falado que não gostava da mãe, mesmo que não tivesse sido na frente dela.

— Eu já tinha combinado com o Shōsuke — respondeu.

— Ah, o Shō... Ele parece estar com dificuldades em relação ao vestibular, mas vai ser ainda mais difícil quando começar a trabalhar. Tomoya não precisava trabalhar em um lugar tão movimentado como um abrigo de gatos. Ele é tão delicado e tem que fazer coisas tão difíceis...

Não importava a conversa, era sempre o Tomoya isso, o Tomoya aquilo. A mãe via o irmão em tudo. Isso também deixava Leona irritada, mas ela se limitou a rir, já esperava aquele comportamento.

Ela colocou a caixa de transporte casualmente no tatame. Shasha ficaria por apenas dez dias. A garota não queria que as discussões com a mãe tornassem aquele período desagradável. Leona abriu a portinhola da caixa e pegou a gata com as duas mãos.

Ela era mesmo como uma bola de pelos. A pelagem fina estava em pé com a estática, talvez por conta do nervosismo, e Shasha tinha um olhar azul-acinzentado perplexo. As patinhas dianteiras, apoiadas nas mãos de Leona, eram como os punhos de um bebê.

— Ei... — disse a mãe, também com um olhar perplexo. — O que você tem aí?

— Fofinha, né? É de uma raça popular de gatos chamada munchkin.

— Não foi isso que eu quis dizer. De onde você trouxe? Não podemos ficar com ela. Já temos a Hajime.

A mãe não parecia estar brava nem rejeitando a gata, mas confusa.

— Não podemos? — indagou Leona, encostando o nariz no focinho de Shasha. — Será que a Hajime vai mesmo odiar?

— Vai, provavelmente. Se outra gata aparecer de repente, ela vai se assustar.

— Ah é? Que pena. Então vou devolver para o Tomoya.

— O quê?!

A voz da mãe mudou. A expressão confusa de repente endureceu.

— Ela é uma das gatas do abrigo. São só dez dias até o novo tutor ir buscá-la. Como ela é muito pequena, precisa de cuidados, então ele pediu para eu cuidar.

— Ah. É mesmo? Já que é assim...

— Mas não podemos ficar com ela, né? Vou falar pra ele e pedir para vir buscá-la...

— Que besteira é essa? — A atitude da mãe mudou completamente. — Já tem um gato na casa do Tomoya, e ele vive ocupado com o trabalho. Podemos cuidar dessa gata aqui. Uma gatinha tão pequena... Não, não. Ela não pode ficar com o Tomoya.

— É mesmo?

Exatamente como esperado. Por sempre ficar do lado do irmão, a mãe direcionava sua raiva para Leona. Geralmente, isso a irritava, mas dessa vez ela deu um sorriso de satisfação. A mãe olhou timidamente para Shasha.

— Ela parece de pelúcia. Será que a Hajime vai ficar com ciúmes?

— Se ela não gostar, não vou deixá-la chegar perto. A Shasha pode ficar no meu quarto.

Sentindo uma presença, ela virou para trás. Hajime olhava pela fresta da porta. Suas pupilas se afinaram como uma lâmina preta, e na íris contraída o verde-claro e o amarelo se misturavam.

Gatos não têm expressão. Não sorriem como os humanos, com os olhos em meia-lua, ou levantando os cantos da boca. Não dizem que estão contentes ou se divertindo.

Mas quando se convive por 14 anos com uma gata, dá para saber o que seu rosto queria expressar. Hajime entrou silenciosamente na sala, um tanto alerta. O movimento das patas era cuidadoso. A ponta do rabo estava esticada e balançava de um lado para outro.

Shasha ficou inquieta nas mãos de Leona, querendo descer. A garota segurou com firmeza seu corpo. Shasha era muito inocente e acreditava que a gata que acabara de aparecer a aceitaria. Se pulasse de repente, até mesmo a calma Hajime reagiria. Era importante não deixar que elas se atacassem.

Hajime se aproximou, circundando Leona enquanto farejava o ar. Então, virou o focinho na direção de Shasha e passou a ponta do nariz por todo canto. Shasha estava agitada.

— Shasha, fica quietinha. Deixa a Hajime terminar a inspeção dela.

— Isso mesmo, gatinha. A inspeção da Hajime é rigorosa.

Tensas, Leona e a mãe observavam os movimentos das duas gatas. Hajime empurrou a cabeça na lateral de Leona para cheirar o traseiro de Shasha. A filhote balançou as curtas patinhas na direção dela.

— Que embaraçoso, né, gatinha? Ela está cheirando o seu bumbum — disse a mãe de Leona, rindo.

Hajime cheirou o traseiro de Shasha cuidadosamente e se sentou no tatame, como se dissesse que tinha acabado.

— Acho que a Hajime terminou a inspeção.

— Parece que sim. Ei, gatinha. Pelo visto você foi aprovada.

Talvez fosse um hábito dos gatos, mas Hajime gostava de cheirar tudo. Geralmente ela dava uma leve fungada, mas quando não gostava de algum cheiro fazia uma expressão desconfiada e levantava a cauda. Ela teve um bom pressentimento sobre Shasha desde o início — embora seu rosto não transparecesse nada, mãe e filha souberam pela maneira que Hajime aproximou o focinho da filhote.

Leona soltou Shasha no tatame, e a gata correu para o lado de Hajime e começou a provocá-la com suas patas curtinhas. Parecia que a filhote queria cheirar o traseiro de Hajime, da mesma forma que havia sido cheirada. No entanto, a gata idosa estava sentada no tatame e não abria espaço para a outra. A pelagem e o tatame tinham a mesma cor marrom-clara, o que dava a impressão de que a gata fazia parte do chão.

Mesmo assim, Shasha não desistiu, cheirando com insistência o espaço entre o traseiro de Hajime e o tatame. Mas a mais velha continuava inexpressiva.

— Hajime está te ignorando completamente, né?

Leona segurou o riso. A mãe também sorria.

Sem dar atenção alguma para a filhote, Hajime se levantou de repente e foi atrás do traseiro de Shasha. A outra fugiu, não querendo ser cheirada, mas não foi páreo para Hajime, que a empurrou por trás com a ponta do focinho, fazendo com que caísse de patas para o ar.

— Ah, gatinha... ela cheirou seu traseiro de novo. Que embaraçoso.

— Força, Shasha! Não perde a luta do bumbum!

— Ih, gatinha. Hajime está vindo de novo. Ela vai cheirar o seu traseiro.

— Ah, essa é sua chance, Shasha! Hajime está tendo um reflexo flehmen!

Rindo, Leona e a mãe assistiram juntas às duas gatas correrem em círculos.

Naquela noite, Hajime ganhou de lavada a luta do bumbum e não teve seu traseiro cheirado nenhuma vez.

Leona se perguntou quantas vezes tinha enchido de água quente as panelas rasas de cerâmica e levado para a mesa dos clientes. Quando os botões de flores de cerejeira começavam a desabrochar, a quantidade de turistas em Quioto explodia. O mesmo acontecia na época em que as folhas mudavam de cor no outono. Sempre havia pessoas esperando por uma mesa nos restaurantes ao redor do templo Nanzenji. No restaurante de *yudofu* onde trabalhava meio período, a fila era de horas de espera.

Assim que as aulas terminavam, ela corria para o restaurante, vestia o quimono fornecido para a equipe e trabalhava sem parar até as oito da noite. Sua principal função era servir clientes, mas ela também carregava coisas pesadas de um lado para outro, como panelas rasas de cerâmica e engradados de cerveja.

Quando terminou de servir os clientes, finalmente pôde ir ao banheiro. Estava segurando havia horas. Só que, no mesmo momento, uma colega de trabalho entrou correndo no banheiro.

— Caramba! Desse jeito, vou acabar me mijando na frente dos clientes.

— Eu também tô no limite — disse Leona, rindo enquanto arrumava a manga do quimono.

Já fazia dois anos que trabalhava naquele restaurante, e era sempre assim na alta temporada. A colega de trabalho soltou um longo suspiro. Seu quimono estava desarrumado, provavelmente também por trabalhar sem parar.

— Essa semana não vou ter folga. Estou escalada o final de semana inteiro. E você, Leona?

— A partir de amanhã vou tirar folga por um tempo.

— Sério? É época de provas?

— Não, recebi uma gata.

— Uma gata?

— Estou cuidando dela temporariamente. É uma filhote de munchkin. Muito fofinha.

— Uma gata, é? — grunhiu a colega, com uma expressão preocupada. — Você tem razão, não dá para pensar em trabalho nessas horas. Eu também tenho um, mas a fase de filhote passou rapidinho. Você não pode perder isso. Volte logo pra casa. Só falta arrumar as coisas, então pode deixar comigo que eu termino.

— Obrigada!

"O efeito dos gatos é impressionante", pensou Leona, rindo. Realmente, interagir com um filhote era uma oportunidade rara. Como mudara o turno do dia anterior, não havia conseguido faltar naquele, mas pretendia ficar em casa o máximo que desse durante a estadia de Shasha. Ela ajudou rapidamente na limpeza e voltou correndo para casa.

— Cadê a Shasha? — perguntou ao chegar, tirando os sapatos na entrada, sem fôlego.

A mãe riu.

— Está dormindo no quarto dos fundos. Já são nove da noite, né?

— Ah, mas eu vim pra casa correndo...

Triste, ela foi para o cômodo apenas para ver a gatinha dormindo. Era ali que Hajime geralmente dormia, mas, dependendo do humor, ela acabava mudando para outras partes da casa. Talvez essa noite ela tivesse cedido o espaço para Shasha.

Havia uma única almofada no canto do quarto, onde Hajime estava deitada, com as costas viradas para a entrada. Leona olhou em volta, mas não viu Shasha em lugar nenhum. Ela ainda não conseguia subir na cômoda e não havia lugares para se esconder.

"Será que...?" Ao se aproximar, ela viu uma bolinha de pelos brancos ao lado de Hajime.

Era Shasha. As duas gatas dormiam juntas, de frente. Era como se estivessem abraçadinhas, com as patas ao redor da outra.

"Que cena mais linda", pensou Leona. Antes que percebesse, ela estava boquiaberta. Relaxou tanto os lábios que quase babava.

A garota observou a cena por algum tempo e voltou para a sala de estar.

— A Hajime tá abraçando a Shasha.

— Elas ficaram bem amigas. Shasha estava pulando por aí, mas a Hajime conseguiu brincar com ela. Talvez por ser fêmea, ela se comporte como mãe.

— Pois é.

Leona sentiu um aperto no peito. Pelo visto, gatos também sentiam um quentinho no coração com a fofura dos filhotes.

A mãe também parecia mais calma que o normal.

— Ver a Shasha me faz lembrar quando a Hajime também era um filhotinho. Tomoya queria muito ficar com ela, então a adotamos, mas, como era muito pequena, foi difícil cuidar dela. A bichinha ainda não conseguia comer nada sólido, sempre vomitava e o cocô ainda estava muito mole.

— Ah, é?

Hajime chegou à casa da família quando Leona tinha cerca de cinco ou seis anos. Em sua memória, a gata não era tão pequena, nem parecia ter dado tanto trabalho. Não era uma filhote fofa, mas, sim, uma amiga de brincadeiras.

— Naquela época, Tomoya não estava indo bem na escola e andava brigando com os amigos, então foi complicado. Achei que um gato poderia consolá-lo, mas, no fim das contas, Hajime nunca se apegou a ele. Mas Tomoya sempre foi uma criança gentil e se esforçou ao máximo para cuidar dela.

— Hajime acabou se apegando a você, né, mãe?

— Pois é. Acho que fiz algo horrível com o Tomoya.

A mãe tinha um olhar distante. Não importava no que pensasse, sempre acabava pensando no irmão. Leona riu, concluindo que a mãe precisava se desapegar do filho.

— Mas o Tomo também tem um gato. Ele nunca o trouxe aqui, mas acho que a Hajime se daria bem com ele... Vamos pedir para ele trazê-lo para brincar com ela.

— Tomoya tem um gato preto. Você não gosta de gatos pretos.

"Como assim?", Leona quis perguntar. Mas antes que tivesse a chance, elas ouviram um barulho na entrada da casa. Era o pai. Ele voltava tarde todos os dias e estava com uma expressão cansada.

— Ah, estou exausto. Não estou com muita fome, então qualquer coisinha está boa, tá? E as gatas? Brigaram?

— Tem salmão, vou preparar um *ochazuke*. As gatas estão dormindo no cômodo dos fundos. Elas se deram bem.
— Sei — disse o pai, desinteressado. Então se dirigiu a Leona.
— E você?
— Tô bem.
— Sei. E a faculdade?
— Está indo.
— Sei — respondeu ele.
Foi uma interação breve, mas, com a presença de Shasha, parecia que tinham um assunto em comum para conversarem. A família tinha aumentado. A sensação era essa.

— Talvez minha mãe se sinta culpada por ter tirado a Hajime do meu irmão.
Já haviam se passado oito dias desde que Shasha fora receitada pela clínica. Como era sábado, Leona não tinha aula. Ela passara a manhã relaxando em casa e de tarde fora visitar Shōsuke, levando a filhote na caixinha.
O amigo virou Shasha de barriga para cima e estava lhe fazendo cócegas.
— Hajime é a gata da família, né? — disse. — A que o Tomo começou a cuidar.
— É. Meu irmão sempre criou insetos e peixes, mas Hajime foi o primeiro animal grande de que ele cuidou. Mas como ela se apegou à nossa mãe, acho que ele deve ter se sentido muito triste. Se fosse comigo, eu ficaria chateada se Shasha se apegasse só à minha mãe. Por isso vou cuidar dela o máximo que puder. Até tirei folga do trabalho essa semana.
— Hum.
Com as cócegas na barriga, Shasha estava inquieta. Às vezes mordia o dedo de Shōsuke.

— Ai, ai! Os dentinhos dela estão ficando bem afiados. As instruções diziam para ela aprender a brincar com os irmãos, mas ela não tem nenhum.

— Hajime está ensinando as coisas pra ela. Shasha fica rolando sozinha em volta da gata, mas às vezes Hajime dá uma patada, como se dissesse "você tá indo longe demais". Ela não brinca junto, mas está sempre cuidando.

— Shasha morde bastante. Mas as duas são irmãs com uma grande diferença de idade, por isso a Hajime é gentil.

— É, é assim mesmo. Hajime era uma gata idosa. Devia ser cansativo acompanhar uma filhote cheia de energia.

— Aaai! — Shōsuke tirou a mão. — Assim não. Machuca. Leona, troca comigo.

— Eu não gosto de sentir dor.

— Mas você tem gata em casa, está acostumada.

— Hajime não morde nem arranha. O máximo que ela faz quando não gosta de alguma coisa é bufar. Quem está acostumado a sentir dor é meu irmão, por cuidar dos gatos do abrigo. É impressionante. Os braços dele são cheios de cicatrizes. Tomoya já foi mordido até na ponta do nariz.

— Deve ser difícil resgatar gatos, já que eles podem ser agressivos e tentar fugir.

— Pois é. O mais incrível é que, mesmo cuidando de um monte de gatos no trabalho, meu irmão ainda tem um em casa. É um gato que ele salvou e adotou alguns anos atrás. Na época, achei esquisito, mas talvez ele só estivesse substituindo a Hajime.

— Já que a gata gostou da tia?

— Exato.

Enquanto observava Shasha abrir caminho pela cama, Leona disse:

— Para mim, a Hajime não é uma gata, é um membro da família. Por isso não me importava com quem ela era apegada, desde que estivesse bem. Mas desde que a Shasha chegou, eu a acho tão fofinha que quero ser a pessoa de quem ela mais gosta. Talvez isso seja possessividade. Se meu irmão também sentiu isso, deve ter sido complicado. Mas ele é muito bonzinho, então não consegue culpar ninguém.

— Parece que você está mais gentil em relação à tia e ao Tomo, Leona. Será que duas gatas têm eficácia em dobro?

Leona sorriu sem graça com a maneira de falar de Shōsuke. Ele acreditava que tinha sido graças àquele médico estranho que a amiga ficara mais otimista. Shōsuke adotou uma expressão um pouco mais séria.

— Mas acho melhor você não falar aquilo.

— Aquilo o quê?

— O que você quer dizer. De não gostar da tia.

— Ah... — Ela começou a suar frio. — Não é bem assim.

— Algumas coisas só podem ser entendidas se você falar, mas existem outras que não têm volta se forem ditas. Se for algo pesado sem chance de conserto, é melhor não falar assim num momento de emoção.

— Mas, Shōsuke, aquilo...

— Se quiser mesmo falar, eu posso ir com você. Naquele dia, quando falei pra minha família que desistiria da Universidade de Quioto, você me ajudou muito. Eu e meus pais também temos uma relação difícil, mas, se você não estivesse lá, eu teria falado coisas que não deveria.

— É... mesmo?

— É sim.

Shōsuke sorriu gentilmente. Ele sempre fora alegre e bondoso. E mesmo ele tinha seus problemas com os pais. Leona se sentiu reconfortada por saber que não era a única.

— Obrigada. Mas não tem nada que eu queira dizer, de verdade. Nada que eu queira falar...

Talvez tivesse, sim.

De repente, ela percebeu. O interior de uma casa não pode ser visto de fora. Ao entrar, se vê que cada casa é diferente da outra.

— Ou melhor, tinha algo que eu queria falar. Mas já falei. Então tá tudo bem.

Era isso. Aquele médico estranho a fizera verbalizar o que queria dizer em seu consultório. E ela sentiu como se algo preso dentro de si tivesse se soltado.

Assim que chegou em casa com Shasha na caixa de transporte, a mãe apareceu na sala.

— Leona, Hajime está procurando a Shasha.

— Ah, é mesmo?

Assim que a garota colocou a caixa de transporte no chão, ouviu um miado. Era Hajime. A gata se aproximou com a cauda levantada. Estava feliz em encontrar Shasha.

A filhote saiu da caixa. O rabo de Shasha era fofo como um espanador de pó e também estava levantado. Era como se essa parte do corpo delas tivesse vontade própria.

Leona observava as duas gatas. Não eram apenas fofas e cativantes. A mãe também olhava para elas.

— Hajime acha a Shasha fofinha. Quando a filhote for embora, ela vai ficar triste, né?

— Pois é. Acho... que ela queria uma amiguinha.

— Mas não tem o que fazer. Shasha é uma das gatas do trabalho do Tomoya.

Leona sentiu uma leve pontada no peito. Ao levar Shasha para casa, Hajime tinha entendido o que era a solidão. E isso deixava a mãe chateada. A consequência de suas ações seguia um rumo inesperado.

"Vou adotar a Shasha." Esse pensamento passou pela sua cabeça inúmeras vezes.

Mas a relação com um gato é longa. Quando Hajime chegara à casa, Leona ainda era criança. Agora, já era adulta. Dependendo de sua escolha, elas poderiam passar uma porção de suas vidas juntas. E, sabendo disso, não era fácil tomar uma decisão.

O celular de Leona tocou e ela viu que era do restaurante onde trabalhava. Era seu dia de folga, então ela teve um mau pressentimento.

Quando atendeu, foi como imaginava. Uma das funcionárias temporárias havia faltado porque estava doente e pediram para Leona cobri-la em cima da hora. Ela recusou, mas imploraram para que fosse, pois tinham uma grande reserva. A garota desligou o telefone, desanimada.

— O que foi?

— Me pediram para ir trabalhar. Parece que estão com problemas, então vou lá ajudar.

— Se estão com problemas, não tem muito o que fazer. Vou dar a comida para a Shasha.

A mãe parecia feliz e a gatinha se aproximou ao ouvir a palavra "comida". Leona não ficou nada satisfeita.

Mas então percebeu.

Não estava satisfeita porque Shasha estava sendo roubada? Ou porque a atenção da mãe estava em Shasha?

— Que infantil.

— Hum? O que você disse?

— Nada. Obrigada por dar comida pra Shasha. Dê pequenas porções pra Hajime e, se sobrar, jogue fora. Foi isso que Tomo falou.

— Ah é? Bom, se Tomoya falou, está falado.

Só de citar o irmão, a mãe já ficava animada. Do ponto de vista de Leona, a mãe também estava sendo infantil.

Ter ido ajudar havia sido nitidamente um erro.

Quando chegou no restaurante, Leona descobriu que vários funcionários haviam faltado. Outros clientes além das reservas continuavam chegando, e o restaurante estava cheio. Ela estava tão ocupada que chegava a se sentir tonta.

Funcionários e cozinheiros trabalhavam sem parar, até que, por fim, a última cliente foi embora depois de elogiar o *yudofu*, dizendo que estava delicioso. Quando Leona foi ao banheiro, se deparou com a colega que havia trabalhado a semana inteira. Ela também estava exausta.

— Leona, você nos salvou vindo ajudar na sua folga. Essa é a primeira vez que vou ao banheiro hoje.

— Sério? Mas você trabalhou o dia inteiro, não?

Leona também não tinha ido ao banheiro nenhuma vez desde que chegara ao restaurante. Estava tão ocupada que não teve tempo de tomar água, então não sentiu vontade de fazer xixi.

— O restaurante estava tão cheio que não tive tempo de vir. Já tive cistite uma vez por segurar por muito tempo. É ruim demais, irrita muito! Você já teve?

— Nunca. Vê se toma cuidado.

— Com certeza. Pode ir pra casa, que eu faço o resto. Sua gatinha está esperando. Todo momento que a gente passa com os filhotes é muito precioso.

Quem gosta de gato é tolerante. Demonstra um carinho profundo até por gatos que nunca viu, mesmo que não ganhem nada com isso.

Leona agradeceu e saiu do restaurante. As pernas estavam trêmulas, e ela sentia o corpo quente por conta da sonolência. Com certeza as duas gatas estariam dormindo abraçadas de novo. Gatos normalmente são quentinhas. Ela se perguntou quão quentinho seria dormir abraçada com um.

Quando chegou em casa, já passava das dez da noite. Talvez por ter ficado um tempo sem trabalhar, estava se sentindo realmente cansada, com a visão borrada e o corpo pesado.

— Será que tem alguma coisa errada?
Ela achava que era simplesmente cansaço, mas tinha algo estranho. Estava se sentindo febril e com vontade de ir ao banheiro de novo, mesmo depois de ter ido no banheiro na estação. Além disso, a parte inferior do abdômen estava um pouco dolorida. Era uma dor que nunca tinha sentido.
Então, ao usar o banheiro, Leona ficou pálida. Ela se curvou com a dor aguda e saiu do cômodo. A mãe já estava de pijama, vendo televisão.
— Mã-mãe... — chamou a garota, ouvindo a própria voz fraquejar.
A mãe imediatamente franziu as sobrancelhas.
— O que foi? Você está pálida.
— Saiu... muito sangue... no banheiro... meu xixi saiu vermelho...
— O quê?! — A mãe se levantou rapidamente e colocou a mão na testa da filha. — Essa não. Você está com febre alta. Com certeza é cistite. E vi na televisão que, se a pessoa tem febre, é porque a coisa está feia.
— É mesmo...?
Leona estava em choque com o estado horrendo da coisa no banheiro. Ela não conseguia ficar quieta com as pontadas incessantes no abdômen.
— Vamos agora para o pronto-socorro. Querido!
A mãe apressou o pai, que tomava banho, e o fez dirigir até o hospital, onde Leona foi imediatamente levada para a emergência. Ela sentia pontadas insuportáveis, que a faziam retorcer os pés.
O resultado dos exames apontou pielonefrite, um termo que ela nunca tinha ouvido. Bactérias haviam se proliferado e causado uma inflamação em sua bexiga e o médico plantonista disse que aquilo acontecia por ficar muito tempo sem ir ao banheiro e por não beber uma quantidade de água adequada.

Apesar dos sintomas leves, Leona ficou internada por uma noite, recebendo antibióticos por via intravenosa. A mãe estava bem ao seu lado, sentada na cadeira de metal.

— Você, hein? Gatos é que são propensos a terem doenças renais. O que se faz quando é a tutora que tem?

— Desculpa. Eu deveria ter bebido mais água. Estava tão ocupada que...

Ela nunca achou que seria hospitalizada por conta da falta de hidratação.

Leona olhava para o teto, ainda se sentindo exausta. O hospital a deixava inquieta — ela sempre havia sido saudável e nunca teve nenhuma doença grave. O ar ali era seco e o lençol, gelado. Ela estava desconfortável.

Porém a mãe estava ao seu lado. Leona tinha uma mãe que estava sempre por perto. Até queria dormir junto com ela naquele momento, como fazia na infância. Isso era impossível, é lógico, mas percebeu que era assim que se sentia quando estava ansiosa ou solitária.

Era por isso que as duas gatas em casa dormiam juntinhas. Se abraçavam forte, apertado.

— Hajime e Shasha estavam abraçadinhas hoje também? — murmurou ela, olhando para o teto do hospital.

— Acho que elas acordaram com a agitação. Mas logo voltam a dormir. Especialmente a filhote, ela é muito dorminhoca.

— Se a Shasha for embora, a Hajime vai voltar a ser a única gata da casa.

— Não tem jeito. Tomoya também sempre teve um gato só, não é? É assim mesmo.

De novo, Tomoya, Tomoya. Leona soltou uma risada.

— O gato do Tomo... Acho que vou pedir para ele levá-lo lá em casa algum dia. Meu irmão diz que ele é muito bonzinho.

— Como assim?! Você nem gosta de gatos pretos.

A mãe riu, desconcertada. Ela já tinha dito aquilo antes.

Ainda deitada, Leona inclinou apenas a cabeça.

— Quem disse que eu não gosto de gatos pretos? Gosto de todos os gatos.

— Olha só a audácia... O primeiro gato que Tomoya ganhou era preto e você disse que ele era assustador e que não gostava dele. Não lembra?

Leona ficou atônita.

"Eu... tinha medo de gatos pretos?"

"O primeiro gato... do meu irmão?"

A mãe ainda ria.

— Você disse que ele se parecia com o gato de um mangá que tinha poderes malignos e ficou chorando sem parar. Chorava tanto que Tomoya não teve escolha e devolveu o gato para o amigo. Disse que, se continuasse daquele jeito, seria ruim para você e para o gato. Tomoya sempre foi gentil e tem muita consideração pela irmãzinha, sabe? Então, no lugar do gato preto, ele ganhou Hajime, que ainda não tinha sido adotada. Você realmente não se lembra disso?

— Não...

Ela tentou procurar em suas memórias, mas não se lembrava de jeito nenhum do gatinho preto que Tomoya ganhara. Aquele gato havia sido devolvido porque Leona o rejeitara. E quando adotaram Hajime, ela não se apegou ao irmão.

Aquele médico havia lhe falado. *Não temos como saber as mudanças que isso pode causar nas pessoas.*

Por causa de Leona, diversas pessoas foram afetadas. Ela não tinha como saber se isso era bom ou ruim. Foi bom Hajime ter ido para a sua casa? E o que aconteceu com o gato devolvido?

E se o gato preto fosse o gato da família?

Com certeza, seu irmão o amaria. Assim como amava Hajime. Mas ele teria amado mais o outro. Se fosse o caso, será que Tomoya teria o emprego atual? Será que esse incidente o havia influenciado de alguma forma? Anos antes, ele adotara um gato que havia resgatado. Será que era um substituto do gatinho preto de quem ele não pôde cuidar por causa de Leona?

Não tinha como saber, havia apenas os resultados.

Na manhã seguinte, após Leona receber alta, Hajime a recepcionou da maneira relaxada de sempre. O tilintar do guizo de sua coleira costumava ser mais alto. Agora, tinha um som calmo como seus movimentos.

A gata pressionou a cabeça macia no dorso do pé de Leona. Ela sempre achou que aquele gesto era algo natural.

— Hajime — chamou, olhando para a gata, que rolava aos seus pés.

Leona se agachou e a bichana rapidamente fugiu na direção de Shasha, que tirava um cochilo ali perto. A filhote passava a maior parte do dia dormindo, e Hajime se deitou ao lado de Shasha. Ela ouvira falar que era difícil que gatos com uma diferença de idade muito grande se dessem bem. Por isso, não dava para não valorizar aquele encontro.

Hajime era gentil, assim como o irmão. Nunca tinha arranhado nem mordido Leona.

Por fim, havia algo que ela gostaria de dizer.

— Hajime, obrigada por ter vindo para a nossa casa.

Ela percebeu que tudo precisava ser valorizado. A mãe levara as coisas para ela quando a filha estava internada. O pai tirara folga do trabalho para levá-la para casa de carro. Essas coisas também tinham de ser valorizadas.

— Mãe, obrigada. Pai, obrigada.

— De nada. Tem que tomar direitinho o remédio que receitaram até o final, ouviu?

Ela ficou surpresa ao ouvir a mãe falar isso. Aquele era o nono dia desde que Shasha lhe fora receitada. E o médico dissera que, se ela conseguisse falar o que queria, poderia retornar sem esperar os dez dias.

— Pai, mãe, quero falar uma coisa com vocês — anunciou Leona com uma expressão séria.

Os dois se entreolharam com a testa franzida, preocupados.

Quando Leona entrou na clínica, aquela enfermeira arrogante estava sentada na recepção.

— Srta. Kajiwara — disse ela, sem levantar o rosto. — Ainda falta um dia. Já veio devolver a gata?

— Não. Deixei a gata em casa. Eu gostaria de conversar com o doutor.

Assim que falou isso, a enfermeira olhou para ela.

— É mesmo? Então pode entrar no consultório.

Leona entrou e esperou, um pouco ansiosa. Se ele negasse, o que ela faria? De repente, foi tomada pelo arrependimento. Deveria ter vindo antes. "Talvez Shasha já tenha sido adotada." Ao pensar nisso, ela ficou ainda mais inquieta.

A cortina dos fundos se abriu e o médico entrou. Leona se levantou da cadeira, aproximando-se.

— Doutor!

— Ah, que susto! — O médico se encolheu, espantado. — O que foi?

— Nós queremos adotar a Shasha! Vou cuidar muito bem dela, como irmãzinha da Hajime, então me deixe ficar com ela! Por favor!

Ela encurralou o médico na parede sem hesitar. O doutor deu um sorriso sem graça.

— Quanta pressão, hein? Você parece agitada. Certo, se acalme, por favor. Sente-se e respire fundo.

Incentivada pelo médico, Leona se sentou na cadeira. Inspirou fundo e expirou. O médico olhou para ela com um sorriso.

— E então? Ainda pensa aquilo da sua mãe?

— Nã-não... — Ela sentiu o rosto esquentar — Já está tudo bem... ou melhor, não é que eu não gostava dela. Eu estava com ciúmes porque minha mãe só se preocupa com meu irmão, era só isso.

— Ciúmes, é? — perguntou o doutor, dando uma gargalhada.

— Ciúme, ciúme.

— Haha...

Ela queria que o médico parasse de repetir aquilo. Leona conseguiu conter o embaraço. Quando se acalmou, abriu o coração.

— Eu me senti grata por todas as coisas que meus pais fazem e que geralmente não valorizava. Também me senti agradecida pela nossa gata, Hajime. Quando a vi feliz, também agradeci a Shasha. Vou cuidar bem das duas para que elas sejam muito felizes. Minha família também concordou em adotar a filhote. Por favor, deixe a gente ficar com ela — pediu, abaixando a cabeça.

"Que a Shasha ainda não tenha sido adotada", pensou. "Espero que minha família possa ficar com ela."

— Hum... — disse o médico, com um tom de divertimento.

Leona levantou a cabeça. Por que ele estava sorrindo?

— Achei que você viria antes, mas levou um tempo, não é?

— De-desculpe. Precisei de muita coragem para adotar mais um gato...

— Bom, será uma relação longa, certo? Porém, se tivesse vindo um pouco antes, só um pouquinho antes...

— O quê?

Leona ficou aturdida. Não tinha chegado a tempo. Ela sentiu vontade de chorar com a notícia inesperada.

A cortina dos fundos foi aberta com força. A enfermeira estava furiosa.

— Dr. Nike! Um instante atrás você estava choramingando, sem saber se deveria estender o prazo dela. Por que está sendo maldoso agora?

Depois de falar daquela forma tão séria com o médico, a enfermeira pareceu um pouco mais calma ao se virar para Leona.

— O gatil ao qual aquela gata pertence é respeitável. Se quiser adotá-la, dou as informações de contato e você mesma pode resolver os trâmites. E, para falar a verdade, vai ser caro. É inevitável, já que ela nasceu sob cuidados humanos.

— Ce-certo.

Leona estremeceu com o olhar profundo da enfermeira, mas assentiu com vontade.

— Eu tenho dinheiro guardado, então tudo bem.

— Entendido. Então, dr. Nike, pare de falar absurdos, por favor. Ande logo, pois o paciente com hora marcada deve estar chegando — disse a enfermeira friamente, e voltou para a parte de trás da cortina.

— Eu estava só brincando um pouco e ela ficou toda brava — murmurou o médico para si, chateado.

— Ei, doutor...

— Sim, o que foi? — O médico deu uma risadinha, como se nada tivesse acontecido.

— O senhor se chama "Nike"?

— Isso mesmo. Antigamente, costumava ser outro nome. Aliás, o nome da gata que você quer adotar foi dado pela pessoa que tomava conta dela. Você pode chamá-la como quiser. Afinal, ela se tornará a gata da sua família.

Aquele médico com nome estranho sempre falava coisas estranhas. Alguns nomes passaram pela cabeça de Leona. Nomes fofos de gato. Então desapareceram.

Shasha, mimada como Leona, estava adquirindo o hábito de morder tudo. Shasha, que só dormia. Shasha, que não parava quieta quando estava acordada. Shasha, que era adorada por Hajime.

— Vou manter esse nome. Desde o início, Shasha é a Shasha.

— Entendido — disse o médico, e riu.

Até então, ela havia se esquecido. De fato, o médico era a cópia exata de Tomoya.

Ao sair do consultório, Leona foi chamada pela enfermeira, que lhe entregou um papel com as informações do gatil. Ela olhou fixamente para ele.

— Hum...

— Sim?

— O gatil é um lugar fácil de ir? Ou é como aqui, que não dá pra achar em alguns dias?

— Não sei — respondeu a enfermeira, com indiferença. — Acho que não é nada de mais. Mas se está tão preocupada, por que não pede para seu irmão ir junto, já que ele é um profissional tão confiável e que sabe tudo sobre gatos?

A enfermeira podia parecer desinteressada, mas se lembrava muito bem dos sarcasmos que tinha ouvido. No entanto, apesar da frieza, ela foi atenciosa e lhe deu as informações de que a garota precisava, o que fazia dela uma pessoa tão excêntrica quanto o médico. Leona achou que ela era fofa, de alguma forma.

— Na verdade, eu só estava sendo metida. É verdade que ele sabe tudo sobre gatos, mas dizer que ele é muito confiável é um exagero. Pelo contrário, ele é um pouco distraído.

— Ah — disse a enfermeira, levantando o olhar. — Mas ele é seu irmão mais velho, não é?

— Depois de um tempo, o papel dos irmãos não se inverte? Em casa, somos nós que ficamos preocupados com ele.

— É mesmo? Bom, isso não tem nada a ver comigo. Cuide-se.

Novamente, o rosto dela voltou a uma expressão calma. Tanto o médico quanto a enfermeira talvez fossem destinados a estar ligados a ela de alguma forma especial. Assim como Hajime fora para a casa de Leona e Shasha se tornara sua gata, tudo estava conectado de alguma maneira.

Ao sair do prédio, ela se virou de volta para o beco, cuja saída escura não conseguia ver direito. A partir daquele dia, ela cuidaria de duas gatas. Talvez não recebesse mais gatos na próxima vez que fosse à clínica.

Porém, se conhecesse alguém que estivesse com problemas, ela pensou que seria legal recomendar o dr. Nike da Clínica Kokoro.

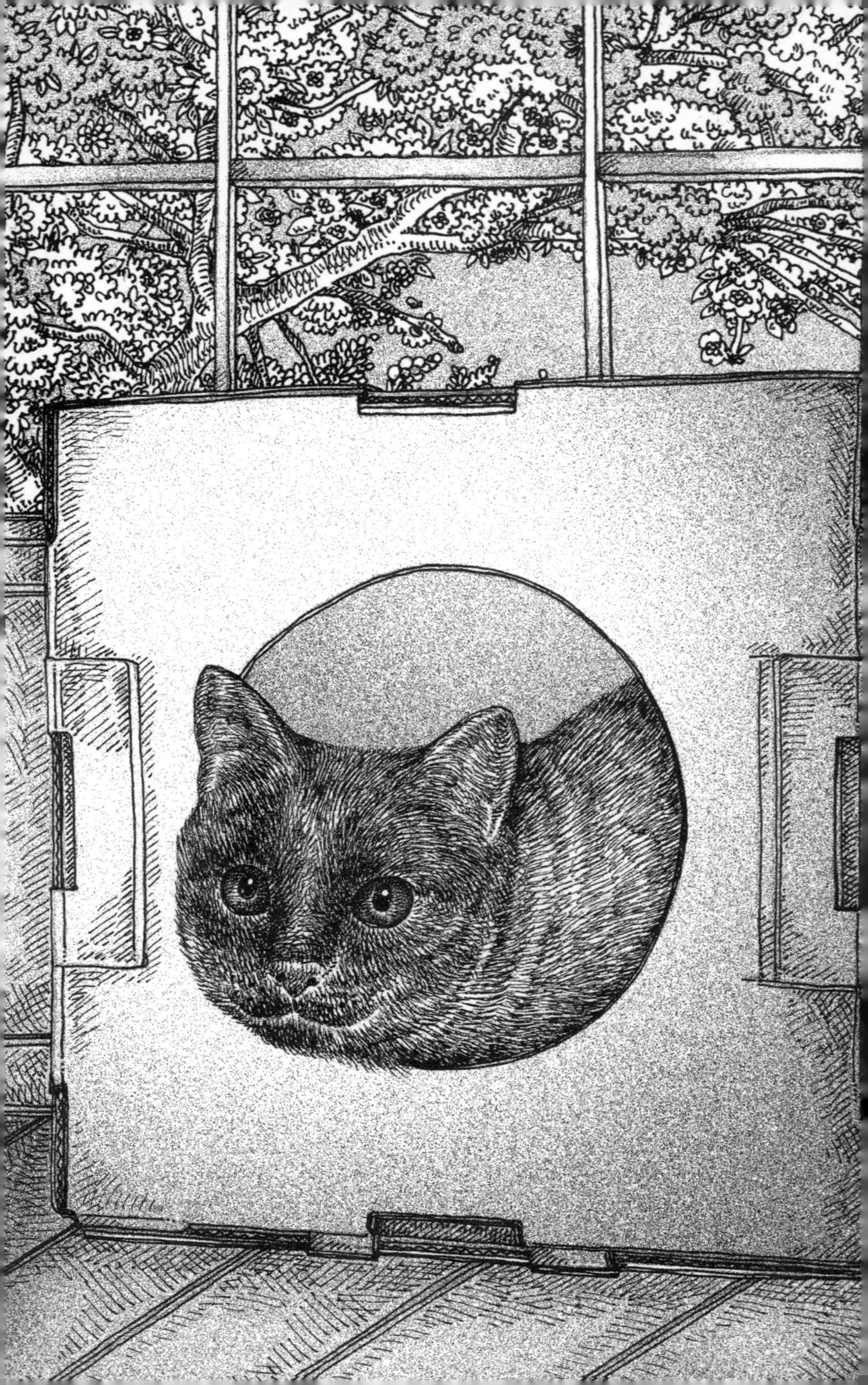

# CAPÍTULO 4

Desde quando ele tinha passado a odiar voltar para casa? Tomoya Kajiwara ficou imóvel por um momento, segurando a maçaneta da porta de seu apartamento. Prendeu a respiração e ouviu atentamente. A luz do corredor emitia um leve zumbido. Foi tudo o que conseguiu ouvir. Ele soltou um pequeno suspiro e entrou em casa. Estava tudo escuro. Acendeu a luz, colocou suas coisas no chão e despiu o casaco. Mantinha o olhar baixo até finalizar a rotina que fazia quando chegava da rua. Esse era o seu cotidiano. Ele não queria sair correndo do trabalho, ir para casa e entrar no quarto desesperado. Quando terminou seus afazeres, finalmente olhou para a gaiola de três andares. Era de aço inoxidável e um pouco mais baixa que Tomoya. Havia prateleiras alternadas e uma rede pendurada no lugar mais alto. No entanto, ela não era mais usada.

Um gato preto estava enrolado entre a caixa de areia e o pote de água na prateleira inferior, com o rosto virado para a parede, escondido. Do traseiro até as costas, o pelo preto brilhante balançava suavemente. Ele respirava.

— Nike.

Tomoya se sentou na frente da gaiola e levantou um joelho. O gato preto dormia, praticamente imóvel, exceto pelos movimentos da respiração. Depois de observar o felino por um tempo, abriu a porta da gaiola e verificou a quantidade de comida e de água. Tinha sobrado metade da comida e havia cerca de duzentos mililitros de água a menos do que colocara de manhã. Ele tirou a caixa de areia para checar as fezes e a urina e sentiu-se aliviado ao ver que também tinha a quantidade mínima.

— Nike, vamos escovar seus pelos?
Ele se ajoelhou e, com as duas mãos, retirou o gato preto da gaiola. Como Nike não tinha mais força nas patas, Tomoya precisava segurá-lo adequadamente, senão o animal tombaria. O rapaz sentou-se no chão de pernas cruzadas e apoiou o corpo do gato de barriga para cima.
Então, penteou os pelos cuidadosamente, com uma escova de borracha feita para gatos.
— E aí? Não é gostoso?
Tomoya levantou os membros dianteiros de Nike e penteou os flancos. O animal não mostrava resistência nem repulsa, então era fácil escová-lo, mas precisava tomar cuidado para não esfregar demais. Ele parou de pentear de repente, desejando que o gato reagisse de alguma forma.
As sobrancelhas de Nike eram pretas, assim como os bigodes e o nariz. Até as almofadinhas das patas eram pretas. Quando ele dormia, não era possível ver seu rosto se não olhasse de perto. Era um gato que parecia ter emergido do breu noturno, preto como azeviche, exceto pelos olhos, que eram da cor da lua cheia. Quando andava graciosamente sob as luzes fluorescentes, o reflexo naquela pelagem preta era uma beleza só. Mas Tomoya não o via dessa forma havia muitos meses.
Na verdade, ele não via seus olhos dourados fazia muito tempo.
— Certo, Nike. Agora você tá limpinho. Pode descansar.
Ele deu um último abraço apertado no gato e enterrou o nariz nos pelos atrás do pescoço do bichinho. Gatos têm um cheiro bom. É o cheiro do *futon* depois de estendido ao sol. Ele tinha um sol dentro do quarto.
Tomoya apoiou a cabeça de Nike na palma da mão para impedir que ela caísse. A respiração quente do bichano tinha um ritmo constante. Seu corpo recém-escovado estava macio e relaxado. Apenas o rabo seguia enrijecido como sempre e balançava devagarinho. Tomoya queria acreditar que ele estava tendo um sonho bom.

Ele o deitou dentro da gaiola, acariciou levemente suas costas e fechou a porta.

Esta noite, novamente, Nike não acordou.

— Kajiwara. Tem alguma coisa te incomodando? — perguntou Ōta, o diretor do abrigo, hesitante.

Tomoya estava lavando as caixas de areia nos fundos da instituição, vestindo suas botas e luvas de borracha, como sempre.

— Ora, mas é lógico. Como equilibrar as contas, como impedir os trabalhadores de meio período de pedirem demissão, essas coisas...

Ele deu uma risadinha e começou a lavar também as caixas de transporte doadas e os potes para ração. Mesmo com os itens doados em boas condições, era preciso lavar tudo antes de levá-los para dentro. Animais são suscetíveis a diversos tipos de doença. Era muito importante proteger os gatos do abrigo de doenças infecciosas.

Sempre havia muito trabalho a ser feito. Mesmo limpando o dia todo, Tomoya não dava conta, e ele tinha funções variadas, incluindo trabalho administrativo e serviços fora do abrigo. Era óbvio que suas preocupações não tinham fim.

Tomoya trabalhava no Centro de Acolhimento de Gatos Casa de Quioto havia cerca de sete anos. Ele era vice-diretor do abrigo apenas no nome, pois entre suas funções estavam a faxina do local e a limpeza das caixas de areia. Sempre faltava mão de obra, por isso o trabalho de funcionários efetivados e temporários era o mesmo.

Apesar de Ōta ser o diretor do abrigo, ele também era chamado para podar as plantas e trocar as lâmpadas. Ele estava sempre de macacão e carregava uma pequena foice, tinha quase sessenta anos e era um senhor alegre e amigável.

— Não estou falando do trabalho, mas da vida pessoal. Se estiver com algum problema, pode desabafar comigo.

— Por quê? Eu pareço incomodado com alguma coisa?

Tomoya deu um sorriso sem graça enquanto lavava uma caixa de transporte.

— Não é bem isso, mas, ultimamente... Você parece cansado.

Ōta não tocou diretamente no assunto. Em geral, não tinha tempo para jogar conversa fora, mas ele havia ido até os fundos para falar com Tomoya. Não tinha sido por impulso.

Tomoya tirou as luvas de borracha e esfregou com uma escovinha os cantos onde ainda havia sujeira.

— Estamos tão cansados todos os dias que o cansaço é inevitável para nós dois. Acho que o senhor tem mais dores de cabeça do que eu, sr. Ōta. Não quero que a próxima feira de adoção seja como a última.

— Ah, está falando daquele incidente? É, aquilo deixou uma impressão ruim mesmo. Precisamos fazer uma reunião antes da próxima.

Ōta grunhiu. Parecia que o rapaz havia conseguido mudar de assunto com sucesso.

Tomoya fechou a torneira, já com a camisa encharcada. O tempo estava ensolarado, por isso deixou os utensílios secando ao ar livre.

Agora, precisava buscar os materiais e pegar os gatos resgatados. Quando voltasse ao abrigo, faria a higiene dos bichos. Os mais obedientes eram passados para outros funcionários qualificados, mas muitos gatos eram hostis, e, nesses casos, era necessária a ajuda de várias pessoas. Tomoya era quem ficava coberto de arranhões.

— Sr. Ōta, tenho que buscar três gatos no posto de saúde. Se tivermos reunião, pode ser depois que eu voltar?

— Sim, com certeza. O número de gatos abandonados está aumentando, né? Parece que muitas pessoas querem ter gato hoje em dia, mas inúmeros também acabam vindo para o abrigo. A administração está em crise há muito tempo.

Ōta deu um grande suspiro e balançou a cabeça com veemência.

— Não, não. Desânimo é estritamente proibido. O lema deste abrigo é "alegre e limpo, miau, miau, miau". Vamos, Kajiwara, repita comigo. Alegre e limpo, miau, miau, miau!

— Não, eu passo.

Ele deixou o diretor e foi cuidar dos afazeres. Ōta era um cara bacana, mas às vezes ficava animado demais. Tomoya nunca gostara de muita agitação. Mesmo que o chamassem de chato ou quieto, ele queria seguir no próprio ritmo.

No abrigo de gatos não havia apenas problemas de todos os tipos, como também coisas dolorosas demais para lidar. Mesmo em momentos como aqueles, Tomoya não ignorava o problema, não se abalava e lidava com a situação com calma. Choro e tristeza ficavam para depois que o trabalho era realizado. Quando se trabalha com animais, fica difícil continuar se a pessoa se deixa levar pelos sentimentos. Inclusive, havia um fluxo constante de funcionários e trabalhadores temporários que não aguentavam a pressão e se demitiam.

Por isso, Tomoya seguia o próprio ritmo. Assim, mantinha as emoções sob controle e fazia seu trabalho com calma.

Até aquele momento, era assim que tinha sido.

— Kajiwara, tem alguma coisa te incomodando? — perguntou Madoka Terada, no banco do carona.

Tomoya fingiu tranquilidade enquanto dirigia o pequeno caminhão e evitou olhar para a colega, envergonhado.

— Que exagero. Foi só um deslize.

— Um deslize que chamou a atenção porque você não costuma ser desastrado. Além disso, está acontecendo direto ultimamente.

O tom de Madoka era casual, mas tinha uma nota de preocupação. Tomoya fingiu não perceber.

— Eu fiz alguma outra coisa?
Até ele sabia que estava sendo falso. O erro que havia cometido no dia era óbvio. Ele foi com o caminhão para retirar os materiais, mas esqueceu de fazer o pedido. Eram produtos que tinham acabado, como ração, areia, tapete higiênico. Por sorte, o representante da empresa permitiu que eles levassem os materiais e fizessem o pedido depois, já que haviam ido até lá para isso. Além de oferecerem um preço especial, ainda foram bastante flexíveis. Tomoya só podia agradecer.

Havia outras situações em que conseguia pensar. Ele errou datas e horários porque estava distraído. E não podia se distrair, pois assim as emoções negativas surgiam. E quando se dava conta, estava atrasado para os compromissos. Mesmo sabendo que precisava tomar cuidado, sua mente vagava para outra questão.

— Você tem feito várias outras coisas. Ontem esqueceu que tinha uma reunião. E se você esquece, quem vai me chamar?

— Nós dois nos atrasamos, né?

Ao se lembrar, Tomoya riu. Ele tinha corrido para chamar Madoka e a encontrado cochilando com a cabeça apoiada na escrivaninha, sem perceber que seu intervalo tinha acabado.

— Pois é. Isso é um problema. Em casa eu tenho minha filha e no trabalho tenho você, Kajiwara, então posso dormir tranquilamente... Enfim, do que estávamos falando mesmo? Ah é, do que está te incomodando.

Madoka geralmente mudava rápido de assunto, mas dessa vez ela voltou aos trilhos.

— Se estiver cansado, é melhor diminuir um pouco o ritmo no trabalho. Você é o que mais faz horas extras e todo o trabalho externo sozinho. Aposto que não tira nem um dia da semana de folga, né?

— Eu tiro folga de vez em quando, sim. Outro dia voltei para a casa dos meus pais e descansei.

Ele deu uma risadinha. Madoka era um pouco mais velha, mãe solo e tinha uma filha no colégio. Ela trabalhava no abrigo havia tanto tempo quanto Tomoya. Não que ela gostasse de gatos ou de animais — ela apenas escolheu um trabalho que fosse perto de casa. A filha, que ainda era pequena quando Madoka começara a trabalhar, estava agora no quarto ano.

— O sr. Ōta também percebeu. — O tom de Madoka era um pouco mais grave do que de costume. Ela estava falando sério. — Se você ficar doente ou pedir demissão, todo mundo no abrigo vai ter problemas. Nas feiras de adoção, quando você conversa com um gato, ele logo encontra um tutor. Com certeza você tem o dom de ver as conexões certas.

— Isso é só coincidência. Os gatos do abrigo são adotados por causa dos treinadores, que dão amor para os bichanos todos os dias e os deixam prontos para a adoção. Não tenho nenhuma conexão com gatos — declarou ele, com tanto desdém que até sentiu calafrios.

Madoka não pareceu notar.

— De qualquer maneira, se estiver preocupado com alguma coisa, é melhor conversar com alguém e não carregar esse peso sozinho. Minha filha falou sobre uma clínica psiquiátrica muito boa. Parece que fica perto da clínica do dr. Kokoro.

— Do dr. Kokoro Suda?

— É. Ela disse que o filho de um conhecido dos pais de uma colega de classe dela que foi lá. Acho que é virando à esquerda ou à direita na avenida Rokkaku.

— Que descrição vaga.

— É que os endereços naquela região são confusos, né? A indicação é subir ou descer. Quando me casei e mudei para Quioto, achei que me falavam os endereços de um jeito difícil de propósito, eu não gostava. E meu ex-marido se obrigava a fazer o mesmo para parecer que era morador da antiga capital. Depois descobri que a família dele era de Yamashina, que fica praticamente na província de Shiga. Quando falei isso, ele ficou bravo e disse que Yamashina era parte da cidade de Quioto. Eu não entendo isso.

Para começo de conversa, como é que um casal com diferenças culturais e de valores tão distantes quanto o leste e o oeste do Japão daria certo? Ah, estou divagando de novo. Depois te mando o endereço da clínica. Seu gato é atendido pelo dr. Kokoro, não é? Você pode passar lá quando estiver a caminho da veterinária.

O dr. Kokoro Suda, veterinário da Clínica Veterinária Suda, na avenida Tominokōji, em Nakagyō, trabalhava meio período no abrigo. Ele era um homem dedicado, que atendia ali e até cooperava com outros estabelecimentos. Também tinha sido o dr. Kokoro quem examinara Nike quando ele fora resgatado. E quem dera assistência para os gatos que haviam sido resgatados na mesma época.

No entanto, apenas dois deles sobreviveram, depois de serem encontrados em um estado horrendo de abandono, três anos antes.

— Meu gato não está mais sendo tratado pelo dr. Kokoro — disse Tomoya, da forma mais indiferente possível.

— Ah, é mesmo? Você mudou de clínica?

— É, a clínica do dr. Kokoro é longe da minha casa.

— Então você não tem mais muita oportunidade de ir lá... Bom, clínicas psiquiátricas são um pouco intimidadoras, por isso é melhor ir em um lugar que alguém recomende. Sabe, só de falar sobre algo você já pode se sentir melhor. Eu até te ouviria, mas minha filha fala que, quando conversa comigo, o assunto muda de uma hora para outra e ela fica ainda mais confusa.

Tomoya acabou soltando uma risada. Depois, continuou olhando para a frente, com um sorrisinho.

— Obrigado por se preocupar. Se algum dia eu estiver por perto, passo lá.

— Sim, sim, faça isso — disse Madoka, parecendo aliviada.

Tanto o sr. Ōta quanto ela eram boas pessoas, bondosos com gatos e com humanos. Eles não sabiam que Tomoya era uma pessoa horrível que não merecia consideração. Ele se sentia culpado por ser tratado assim. Se deixasse escapar as emoções reprimidas, faria todos ao seu redor se sentirem constrangidos.

Por isso, não podia conversar com ninguém do abrigo. E também não queria tratar do assunto com amigos ou com a família. Para início de conversa, ele nem queria falar aquilo em voz alta. Algumas coisas não devem ser ditas.

Ainda assim, aquela clínica não saiu da sua cabeça. Afinal, talvez se sentisse mesmo melhor se falasse com alguém.

A oportunidade de visitar o dr. Suda logo veio.

A Clínica Veterinária Suda, localizada em uma rua estreita do distrito de Nakagyō, era um pequeno edifício espremido entre casas tradicionais, com uma residência nos fundos. Era uma clínica antiga que existia há muito tempo e não possuía os equipamentos médicos mais modernos — os aparelhos de raio X e de análise de sangue eram antigos e os diagnósticos frequentemente dependiam de exames físicos e da experiência do veterinário.

Os principais pacientes eram cães e gatos. Veterinários não estão acostumados com todos os tipos de animal, mas, ainda assim, tutores desconsideram que alguns dos bichos não podem ser tratados por esses profissionais. Ao olhar as fotos dos pacientes na sala de espera, Tomoya ficou refletindo que aquele devia ser um trabalho difícil. Em uma das fotos, havia uma tartaruga que cabia na palma da mão. Aquela tartaruga provavelmente era um membro importante da família do tutor. E devia ter tido algum problema, para ter sido levada à clínica.

"Será que a tartaruga se recuperou completamente?", perguntou-se Tomoya. "Espero que sim e que tenha uma vida longa."

A porta da sala de tratamento se abriu e o veterinário apareceu. Em seguida, tirou a touca cirúrgica e a máscara, revelando seu cabelo branco e um sorriso gentil.

— Foi uma boa decisão, Kajiwara — disse ele, com um tom de voz suave.

Tomoya deu um suspiro de alívio.

— Que bom. Quantos filhotes nasceram?

— Dois. Ambos grandes.

Suda olhou para a mesa de cirurgia. A mãe gata já estava enrolada dentro da gaiola. Embaixo de sua barriga encontravam-se os gatinhos recém-nascidos, bamboleando.

— A mãe ainda é jovem e provavelmente é mestiça de raças ocidentais. Siameses costumam ter partos difíceis e você percebeu. Muito bem.

Suda tirou o avental cirúrgico enquanto arrumava os materiais usados na cesárea. Normalmente, gatas conseguem dar à luz sem ajuda. Porém, quando Tomoya buscou a gata na delegacia, ela já parecia estar com dor. Ele colocou a gaiola na parte de trás da van e, depois de algum tempo dirigindo, percebeu que havia algo errado. Muito tempo havia se passado. Ele já havia testemunhado diversos partos, mas esse estava diferente. Talvez os filhotes não sobrevivessem até chegarem no abrigo.

O primeiro lugar em que pensou foi a Clínica Veterinária Suda.

Quando chegou no hospital, as consultas da manhã haviam terminado e a recepcionista já tinha ido embora. Se o dr. Suda não estivesse na casa dos fundos, Tomoya teria que levar a gata para outra clínica.

— O senhor me ajudou muito. Quando me dei conta de que ela estava em trabalho de parto, comecei a suar frio.

— Você foi na delegacia apenas para buscá-la?

— Eu estava na rua lidando com outros compromissos. A polícia entrou em contato falando que estava com uma gata que parecia fraca e pediu para eu ir lá. Fiz um pequeno desvio para pegá-la, e fico feliz em ter ido. Ela correria risco de vida se tivessem ignorado seu estado. Fico grato aos policiais.

— Entendi. — Suda assentiu.

— Desculpe ter vindo no seu horário de folga. Como ela ainda não é uma gata do abrigo, eu pago a consulta do meu bolso.

O veterinário riu.

— Eu também esqueci de fazer a ficha. Farei a preço de custo. Deixe a gatinha internada hoje. Preciso ir ao abrigo no domingo, então eu a levo.

— Como sempre, muito obrigado.

Tomoya fez uma reverência. Tratar animais era caro. Não existia um sistema público de saúde para animais, por isso as pessoas tinham que pagar por tudo. Os valores variavam de acordo com a clínica, e preços altos não significavam necessariamente que o animal ficaria 100% bem. Ainda assim, como alguém responsável pelo gerenciamento de uma instituição que cuida de animais, ele sabia que as despesas com funcionários e o local eram consideráveis. Cuidar de animais custa dinheiro. Ideais não movem tudo.

— E como está o seu gato? — indagou o veterinário.

Tomoya se surpreendeu com a pergunta abrupta. O dr. Suda estava calmo como sempre. Não havia nada por trás de suas palavras. No entanto, ele começou a suar, sentindo-se culpado.

— Está como sempre. Apenas dorme e só se mexe quando não estou por perto.

— Entendi. Se ele ainda está se mexendo, é um bom sinal. Pode usar uma câmera de pet, se estiver preocupado com o comportamento dele.

— Uma câmera de pet...

Observar Nike ao longo do dia, enquanto trabalhava? Por um momento, Tomoya se lembrou do gato se espreguiçando. Ele ia esticando as costas, com as patas dianteiras no chão e o traseiro levantado. Parecia uma sensação tão agradável que dava vontade de imitar.

Entretanto, fazia tempo que não o via fazendo isso.

Era uma boa ideia colocar uma câmera. Porém, isso acabaria virando um vício. Iria assistir não apenas nos intervalos, mas durante o trabalho. Tomoya sorriu sem graça ao se imaginar ansioso para ver as imagens.

— Não. Mesmo que eu coloque uma câmera, não tenho tempo de olhar.

— Sei. Bom, se acontecer alguma coisa, fique à vontade para falar.

— Muito obrigado.

Enquanto agradecia, ele se sentiu patético pelas pessoas ao seu redor se preocuparem com ele. Isso apenas mostrava que ele não conseguia esconder nada.

Tomoya saiu da clínica. Como poderia relaxar? Invejava Suda, que trabalhava na mesma área profissional que ele e, mesmo assim, conseguia manter a calma em qualquer situação. Já Tomoya, quanto mais se concentrava no trabalho, mais era acometido por uma irritação e uma impaciência súbitas, que o impeliam a abandonar tudo. Ele sentia que acabaria cometendo um grande erro algum dia.

Será que deveria conversar com alguém, nem que fosse para sentir algum conforto?

A clínica psiquiátrica que Madoka mencionara ficava por ali. Quioto, distrito de Nakagyō, avenida Fuyachō, subir, avenida Rokkaku, virar a oeste, avenida Tomikōji, descer, avenida Takoyakushi, virar a leste, Clínica Kokoro, quinto andar. Ele riu do endereço maluco, mas uma visita poderia valer a pena.

— Ué?

A van da empresa, que estacionara bem ao lado da clínica Suda, não estava em lugar nenhum. Sem pensar, ele caminhou na direção oposta.

— Acho que é um caso grave — disse.

Ele estava parado sozinho em uma rua da malha quadriculada de Nakagyō. Se virasse uma esquina errada, veria prédios e casas tradicionais muito parecidos, um do lado do outro, e já não saberia mais onde estava. Ele deu uma olhada em volta e, no fim do beco mal iluminado em que se encontrava, viu um prédio antigo, longo e estreito.

— Aqui é...

Ele se aproximou, intrigado. A estrutura parecia exatamente a mesma do prédio onde Nike fora resgatado. Aquele prédio, porém, ficava de frente para uma avenida e não tinha uma atmosfera obscura. Era estranho. O corredor da entrada do prédio parecia familiar. Três anos antes, o responsável pelo edifício abrira a porta para ele, enquanto cobria o nariz por conta do fedor que havia invadido os andares abaixo. Ali, encontrara pequenas gaiolas empilhadas, com um gato em cada uma. Dava para saber o que acontecera só de olhar.

Na ocasião, Tomoya tirara das gaiolas os gatos que ainda estavam respirando e correra para a Clínica Veterinária Suda. Foi naquele momento que Nike o mordeu, mesmo à beira da morte. Ele tinha a cicatriz no braço até hoje.

Desconfiado, ele entrou no prédio. Subiu até o quinto andar e parou em frente à penúltima porta, exatamente como se lembrava. Era a sala onde Nike e vários outros gatos foram abandonados por dias, presos nas gaiolas.

Ao segurar a maçaneta, a porta se abriu, quase sem resistência. O interior do cômodo, no entanto, era completamente diferente, o que o deixou mais calmo. Era óbvio. Provavelmente outro inquilino tinha assumido o imóvel. Havia uma pequena recepção. Será que era a clínica em questão?

Ele ouviu o som de passos suaves e uma enfermeira apareceu. Era uma moça por volta dos vinte e poucos anos.

— Sr. Tomoya Kajiwara, certo? Estávamos esperando o senhor.

— O quê?

Como ela sabia o nome dele? Sem se importar com a confusão de Tomoya, a enfermeira o incentivou com o olhar a ir até o fundo da sala.

— No momento, o doutor está no meio de uma consulta. O senhor pode esperar naquele sofá, por favor.

— Não, eu posso voltar outro dia.

— Sr. Kajiwara, sua consulta já estava agendada. Como demorou muito para vir, tivemos que passar outras pessoas na sua frente. Os cantos dos lábios da enfermeira se levantaram. Parecia mais que ela estava zombando da cara dele do que sorrindo. Parecia bem atrevida, um tipo com o qual ele não se dava muito bem. Contudo, ao olhar bem, seu rosto parecia familiar. A enfermeira, então, franziu a testa.

— O que foi?
— Hum, eu conheço você de algum lugar, não?
— Mas o que é isso? O senhor está flertando comigo?
— O quê?

Pego de surpresa, Tomoya sentiu o rosto rapidamente enrubescer e ele começou a suar.

— Nã-não. Não é isso. Eu realmente acho que já nos encontramos antes...

Ao vê-lo suando, a enfermeira soltou uma risada pelo nariz.

— Essa jogada é velha. Não vou cair nessa. Por favor, sente-se ali e espere. O senhor não pode ir embora. O doutor estava esperando o senhor esse tempo todo.

— Ce-certo — disse ele, sentindo-se envergonhado, e rapidamente foi para os fundos.

A sala de espera era pequena, com apenas uma poltrona. Ele se encolheu e se sentou. Pensando na conversa que acabara de ter, sentiu o rosto queimar com as palavras clichês e antiquadas que dissera.

Após esperar um pouco, a queimação no rosto passou e ele começou a prestar atenção na sala.

As paredes e o teto eram simples e limpos. Não havia nada de extravagante ou que lembrasse aquela cena trágica de lixo e imundície.

Após aquilo, ele ouviu de funcionários do centro de saúde que o inquilino, um criador ilegal de gatos, não foi encontrado. Considerando que os gatos que foram resgatados e os que morreram não eram puro-sangue com pedigree, e sim mestiços ou animais sem raça definida, porém de boa aparência, talvez ele estivesse com dificuldades nos negócios ou houvesse tido algum outro problema. O motivo da fuga ainda era desconhecido.

Ele não pensava em como ou no porquê. As circunstâncias não importavam. Tomoya e seus colegas fizeram o que podiam na época, mas ele se sentia responsável pelos gatos que não conseguira salvar. Ainda lamentava que, se tivesse ido apenas um dia antes, talvez houvesse conseguido salvar mais deles.

Enquanto ele estava perdido em pensamentos, a porta do consultório se abriu. Do interior, saiu um rapaz jovem, praticamente um menino, baixo e com uma silhueta arredondada. Ele olhou de relance para Tomoya.

Na mesma hora, arregalou os olhos, atônito. Parecia surpreso. "Por que será?" Tomoya não o reconheceu, mas se perguntou se o conhecia. Curioso, ele devolveu o olhar, e então percebeu.

Ele se enganara. Não era um menino, e sim uma moça. Uma moça com cabelo curto e vestida com roupas masculinas. Talvez tivesse mais ou menos a idade de Leona, sua irmã. Tinha um olhar obstinado, estava com a boca bem fechada e segurava firme uma caixa de transporte. Pela portinha de plástico, Tomoya viu um gato branco.

Por um instante, vislumbrou um brilho azul e amarelo: seus olhos eram heterocromáticos.

"Ela trouxe um gato para a consulta?", perguntou-se ele.

— Srta. Ao Torii, pode vir aqui, por favor.

Da recepção, a enfermeira gesticulava com sua mão pálida, chamando a moça. Depois, do consultório, alguém falou:

— Sr. Tomoya Kajiwara, pode entrar.

Tomoya desviou o olhar do rosto da moça, que ainda o encarava de um jeito estranho, e entrou no consultório.

O local era simples, com apenas uma mesa, um computador e uma cadeira comum. Lá dentro, estava sentado um homem de jaleco branco.

— Desculpe a demora — disse o médico. — Bom, quando é o momento de os pacientes chegarem, eles chegam aos montes. Mas quando não vem ninguém, tenho tempo de sobra.

O sujeito era alegre e falava de um jeito casual. Parecia ter a idade de Tomoya, por volta dos trinta anos. E fisicamente os dois também se pareciam.

— A paciente anterior também não vinha de jeito nenhum. Quando já estava cansado de esperar, olhei pela janela, pensando se deveria procurá-la, outra paciente veio e levei uma bronca. E achei que você não viria mais, aí tirei uma soneca e levei outra bronca. Mas fico aliviado agora que ambos finalmente vieram.

Ele era um daqueles médicos que falava bastante. Tinha um rosto que poderia ser descrito como o de um homem gentil, calmo e amigável, mas seu sorriso era casual demais, chegava a ser suspeito. Então uma clínica psiquiátrica era assim? "Se a moça anterior era uma paciente, ela podia trazer o próprio gato para a consulta?", se perguntava Tomoya quando o médico falou, com um sorriso:

— Sr. Kajiwara. Há quanto tempo, não é mesmo? O que te traz aqui hoje?

A consulta havia começado de repente. Tantos pensamentos correram pela cabeça de Tomoya que por um momento ele até esqueceu por que fora até ali.

— Bom... tenho estado cada vez mais distraído no trabalho — respondeu. — Também cometi alguns erros, então as pessoas ao meu redor começaram a ficar preocupadas e me disseram que seria bom conversar com alguém.

— É mesmo?

O médico sorriu. Não era o mesmo sorriso suspeito de antes, mas um que ele já vira em algum lugar.

— Vou te receitar um gato. Quando se está sofrendo, é melhor recorrer a um gato e não enfrentar a situação sozinho. Não tem nada de bom em sofrer sozinho. Você pode se medicar cheirando o gato ou fazendo carinho nele, como preferir. Dito isso, não é dever do gato se afeiçoar à pessoa. Enfim.

Ao digitar no computador, ele fez uma cara de criança travessa.

— Qual gato será bom? Uma prescrição felina dupla é bastante eficaz e também pode servir. Ataca a área afetada com o dobro de eficiência.

O médico riu, em meio ao falatório. Tomoya ficou atônito. "Por que ele está rindo?", pensou. "Que esquisito." Diante da expressão de incredulidade do rapaz, o médico pigarreou.

— Que estranho. A paciente que veio outro dia adorou a piada. Bom, tudo bem. Sra. Chitose, poderia trazer o gato, por favor? — disse, virando-se para a cortina atrás de si.

Será que era a enfermeira? Tomoya se sentia desconfortável pelo flerte acidental e ficou tenso. Entretanto, ninguém veio.

— Sra. Chitose? — chamou o médico, sem resposta. — Ora, será que ela sumiu porque o paciente com hora marcada chegou? Sabe, esse é bem o tipo de coisa que ela faria. Que cruel. Não é, sr. Kajiwara? Você não acha que é maldade?

Ele não sabia bem como responder à pergunta. A enfermeira havia sumido no meio da consulta?

O médico cruzou os braços e inclinou a cabeça. Tomoya não sabia como reagir àquele comportamento fingido. Se a consulta não avançava, seria melhor ir embora? Mas então a cortina se abriu com força. A enfermeira estava ali, com um olhar furioso.

— Quem é cruel? Se eu fosse mesmo cruel, teria largado o senhor muito tempo atrás.

— Era brincadeira! — O médico deu risada. — Virou hábito levar bronca da sra. Chitose uma vez por dia. — Ele riu mais uma vez. — Ué? E o gato prescrito para o sr. Kajiwara?

A enfermeira não trouxera nada. Apenas o rosto zangado.

— Não temos mais nenhum. O gato prescrito na consulta anterior foi o último.

— Ah, sério? — O médico olhou para a tela do computador.

— Estranho. Achei que ainda tínhamos muitos disponíveis. Vejamos... e Tangerin?

— Parece que não pode, pois o café de gatos está bem cheio de turistas, por conta da alta temporada.

— E Bibi?

— Ele vai tentar participar de shows de gatos mais uma vez e não quer comer comida de outros lugares.

— Margot?

— Ela está de licença-maternidade por causa do barrigão. Kotetsu e Noelle encontraram uma família. Tank quer se casar e parece que tem vários encontros marcados.

— Encontros, é? Que legal. Hum, não acredito que estamos sem gatos. O que a gente faz?

O médico cruzou os braços e grunhiu. Tomoya não entendia o que estava acontecendo, mas aquela parecia uma boa desculpa para fugir.

— Bom, nesse caso, vou embora por hoje...

— Sr. Kajiwara, já foi prescrito um gato para você nesta clínica — disse a enfermeira em um tom de voz ríspido, lançando um olhar de arrogância e desprezo para o médico e Tomoya. — Doutor, o senhor precisa verificar com mais cuidado. Sr. Kajiwara, você tem um gato reserva em casa, certo? Enquanto ele não terminar a prescrição desse gato, não pode aceitar outro.

— Não, mas, sra. Chitose, esse gato já não está mais fazendo efeito — argumentou o médico, confuso.

— Do que você está falando?! Não existe gato que não faça efeito! — replicou a enfermeira, alto, sua voz ecoando pelo consultório.

A mulher tinha um temperamento horrível. Até mesmo Tomoya se encolheu com os gritos e a expressão furiosa da mulher. O médico fez um beicinho de desgosto.

— Hum, se não temos nenhum gato disponível, não tem outro jeito. Então, sr. Kajiwara, por enquanto, fique com o gato que você tem em casa. Se não fizer efeito, volte que receito outro. Certo, sra. Chitose?

— Isso mesmo — disse a enfermeira, friamente. — Mas tenho certeza de que aquele gato combina com o senhor. Aquele é o úni-

co gato que combina com o senhor. Então precisa garantir que aquele bichano irresponsável, frívolo e maluco fique com o senhor a qualquer custo. Garanta que ele se apegue com unhas e dentes. O olhar da enfermeira era intenso. Não apenas o olhar — sua voz e sua expressão também tinham uma força impressionante. Apesar de encarar Tomoya, no entanto, a pressão parecia não ser para ele.
— O senhor vai melhorar. Diferentemente de mim, aquele gato ainda está se esforçando ao seu lado. Com certeza o senhor não vai precisar voltar aqui — garantiu ela. — Bom, consulta encerrada. Certo, doutor?
De repente, a enfermeira lhe lançou um olhar emotivo, com um pequeno sorriso. A mulher fria de antes parecia extremamente frágil agora.
E o médico se mostrava despreocupado.
— Isso seria ótimo, sr. Kajiwara — disse ele, rindo. — Por favor, mande um oi para aquele gato maneiro e elegante — concluiu o sujeito, com outra risada.
"Qual é o problema desses dois?", perguntou-se Tomoya. No fim das contas, ele deixou a clínica sem receber o tratamento. E, ao sair e olhar para o prédio, viu que aquele era, de fato, o mesmo lugar em que Nike e os outros estavam.

Ele realmente não sabia o que estava acontecendo. Confuso, saiu do beco e viu a van estacionada ali perto. Seu senso de direção estava esquisito. Mas ele não podia mais ficar ali. Passara muito tempo resolvendo assuntos pessoais, apesar de estar no meio do expediente.

Ao voltar para o abrigo, mergulhou no trabalho e se manteve ocupado para que pensamentos estranhos não surgissem em sua cabeça. Aparentemente, fazia uma expressão muito séria quando se concentrava bastante, a ponto de Madoka lhe dizer que ele ficava com uma cara assustadora.

Quando voltou para casa, já eram onze da noite. Respirou fundo e acendeu a luz. Antes, havia casinhas feitas com caixas de papelão e sacolas de papel espalhadas pelo cômodo, assim como vasos com grama para gatos. Agora, tudo estava arrumado e o chão, vazio. Ele deixou a mochila e a jaqueta de lado e se sentou.

Tomoya ficou daquela maneira por algum tempo, sem conseguir se mexer, mas, quando levantou a cabeça, pensando no que comer, seu olhar encontrou o de Nike, que estava sentado com as costas retas. Seus olhos eram dourados.

A princípio, não conseguiu reagir. Nike, tão preto que só dava para distinguir os olhos. Nike, de olhos tão redondos quanto a lua cheia.

Tomoya correu até a gaiola.

— Nike! Nike, há quanto tempo não te vejo!

Ele estava tão ansioso que se atrapalhou para abrir a gaiola. Quando abriu, Nike se levantou e foi até ele. Tomoya pegou o gato com as duas mãos.

— Ei, você. Você tá bem? Quando foi a última vez que te vi acordado? Quando você comeu? Você não acordava, não importava o que eu fizesse, então comecei a achar que tinha te perdido.

Ele acariciou Nike com a palma da mão, da cabeça até as costas. Seu pelo era brilhante e macio como veludo. O gato logo se afastou e balançou o grande corpo, espalhando alguns pelos. E então começou a perambular pelo quarto.

Ele se mexia. Andava. Não demonstrava fraqueza ou instabilidade, e a linha das costas até a cauda se mantinha reta. Será que Tomoya tinha se enganado? Seu pelo lustroso e seu rosto imponente o faziam parecer mais jovem do que antes.

Mas isso não importava. Tomoya estava eufórico em ver Nike acordado.

— Certo, vou deixar a comida e a água pra fora.

Ele tirou as tigelas da gaiola e revirou o armário em busca de algo que servisse de brinquedo. Quando se virou, Nike estava com a cabeça enfiada dentro da mochila de trabalho de Tomoya.

— Ei, ei! Você não pode fazer isso!

Contudo, Nike colocou uma pata, depois a outra, entrou na mochila e lentamente se sentou. Ali, o gato não fez nada, apenas virou o rosto, sem a menor cerimônia, para Tomoya. Era como se aquela mochila fosse dele desde o início. Nike fazia o que tinha vontade e se recusava a fazer o que não queria. Era algo normal, mas que comoveu Tomoya, quando ele viu o rosto inocente e impassível do gato.

Fazia um ano que Nike deixara de despertar, por mais que o rapaz tentasse acordá-lo. Ele não abria os olhos mesmo quando penteado ou quando o tutor limpava seu rosto. Normalmente, isso seria impossível. Entretanto, quando Tomoya não estava, o bichano parecia agir normalmente, o que descartava a hipótese de que ele estava doente. Nike comia normalmente, bebia água e usava o banheiro.

Tomoya o havia levado para a clínica Suda, onde tirara raio-X e fizera exame de sangue, mas nenhuma anormalidade fora encontrada. Ele não acordou nem quando abriram suas pálpebras. O diagnóstico de Suda foi sono excessivo causado por um declínio das habilidades físicas. Na época do resgate, estimaram que ele tinha um ano, e fazia apenas dois que fora adotado. Ele tinha envelhecido rápido demais.

Porém não havia como saber se as péssimas condições em que vivia tinham diminuído sua estimativa de vida. Tomoya visitou a clínica de Suda diversas vezes, mas se sentia culpado em ver agulhas sendo espetadas no corpo exausto de Nike, então parou de levá-lo lá.

Antes de Nike começar a dormir daquele jeito, Tomoya sempre ficava com ele, não importava que horas chegasse em casa. Era uma relação tranquila: Tomoya assistia Nike brincar, ou então Nike ficava ao lado de Tomoya enquanto ele resolvia coisas do trabalho que tinha levado para casa.

Mesmo assim, às vezes ele ficava encantado de ver o gato brincando. Sua pelagem até refletia a luz do quarto, cada pelo reluzindo. No abrigo, Tomoya interagia com dezenas de gatos, e alguns eram tão lindos que todos iam vê-los, mas apenas o seu gato havia capturado seu coração.

A afinidade era maior do que imaginava que seria. Ele tinha Hajime na casa dos pais, mas a diferença entre a gata amada por toda a família e Nike, um gato só seu, lhe dava uma satisfação infantil. Era uma sensação tão imatura que não tinha coragem de falar sobre o assunto nem com a irmã.

Nike se mantinha onde estava, simplesmente sentado dentro da mochila, encarando o espaço entre o teto e a parede. Mesmo que ali tivesse algo que apenas gatos enxergavam, Tomoya não se aproximou para tentar identificar o que era. Ele queria apenas observar Nike, que encarava um ponto fixo.

"Espero que nossos horários continuem a coincidir, como acontecia antes", pensou. "Pode ser rapidinho. Mas quero sentir a presença do Nike. Quero estar com ele amanhã, depois de amanhã e nos dias seguintes."

Tomoya ficou apenas observando, sem dizer uma palavra, até que Nike saísse da mochila, entediado.

— Ei, Kajiwara — disse Madoka, enquanto empurravam carrinhos cheios de sacos de areia do depósito para o gatil. — Você foi naquela clínica?

— Fui, sim. Mas não passei por nenhum tratamento.

— Ah, sério? Nem ouviram o que você tinha para falar?

— Sim e não.

— Ouviram ou não?

— O médico era bem falante, então eu ouvi mais do que ele. Mas foi interessante. Serviu como uma mudança de ares.

— Que bom, hein? Então é uma boa clínica. Tudo graças a mim.

A voz de Madoka, vinda de trás, parecia feliz. Virado para a frente, Tomoya sorriu. Estava contente em ter pessoas que se importavam com ele.

— Tem razão. Depois eu te pago um suco.

— Oba! Mas, pra falar a verdade, eu queria saber como é a clínica e ouvir a opinião de pessoas que realmente foram. A filha de uma conhecida minha está com um transtorno mental leve e estamos atrás de um bom lugar.

— Como assim? Então eu fui uma cobaia? — perguntou Tomoya, rindo e pensando que dizer as coisas assim na cara era típico de Madoka.

— Então, como é o médico? Ele foi gentil?

— Era um homem jovem. Talvez tenha a minha idade. Ele parecia meio bobo e fazia tudo o que a enfermeira falava. De qualquer forma, não fizeram nada comigo. Mas talvez esse seja o tratamento psiquiátrico que eles oferecem.

— Com certeza é isso. Você parece contente, Kajiwara.

Tomoya apenas respondeu com uma leve risada.

Seu jeito menos preocupado não tinha relação alguma com a clínica psiquiátrica. Tomoya agora ansiava voltar para casa e parecia que isso transparecia em seu rosto durante o trabalho. Ele não achava que fosse uma pessoa tão fácil de ler. Até alguns dias antes, as pessoas ao seu redor estavam todas preocupadas com ele.

Após carregarem os materiais para as instalações, os dois voltaram para o escritório, onde fariam a reunião sobre a feira de adoção que estava por vir. Como de costume, falaram sobre quais gatos participariam, como estavam os animais adotados até o momento, questões de divulgação, atividades de conscientização, entre outras coisas.

Por fim, Ōta abordou o incidente ocorrido na feira anterior:

— Os gatos disponíveis para adoção são aqueles perdidos cujo prazo de procura expirou e que estão no abrigo há dois meses, recebendo treinamento comportamental e tratamento médico. Todos parecem aptos a participar da feira e encontrar uma nova família. Então não sofreremos as críticas da outra vez. Porém...

— Pra ser sincera, fiquei chateada quando uma criança viu nossos gatos e começou a chorar — confessou Madoka, triste.

Tinha sido ela quem lidara com a família que causou a confusão. A feira de adoção acontecia uma vez por mês, no andar mais espaçoso do abrigo, e era aberta a qualquer pessoa. Para a adoção, era necessária uma análise de documentos e um período experimental de vários dias. Para pegar os gatos por esse período, era necessário fazer um depósito, que tinha como objetivo evitar a revenda ilegal. Havia também termos de consentimento e relatórios que deviam ser enviados após a adoção e que davam trabalho para ambas as partes.

Ainda assim, com o aumento da popularidade de animais de estimação, o número de solicitações era alto. O menino de mais ou menos quatro anos e seus pais, que visitaram o abrigo no mês anterior, eram exemplos de pessoas que haviam embarcado nessa onda.

— Pra começar, a família nem sabia o que era um abrigo, sabe? — comentou Madoka, com o queixo apoiado na mão, como se estivesse se lembrando do fato. — Parecia que tinham vindo apenas por curiosidade.

Ōta assentiu.

— Esse tipo de visita não é ruim. Elevar demais o padrão dos futuros tutores e afastar as pessoas quebraria o abrigo. Pelo contrário, quero que elas venham sem nenhuma ideia preconcebida.

— Concordo. As pessoas precisam ter contato com nossos gatos para conhecê-los. Mas se vierem sem fazer ideia de como é o abrigo, vão se assustar por não ser aquilo que imaginavam. Nós estamos acostumados, por isso temos um pensamento diferente do público em geral. Além disso, subestimamos a sensibilidade das crianças.

— O menino chorou muito, né?

— Os pais também ficaram consternados.

Madoka e Ōta soltaram um suspiro. Ambos eram boas pessoas e muito gentis. Já Tomoya sentia pena dos gatos rejeitados.

Não era à toa que o menino havia chorado tanto na feira de adoção. Tomoya conseguiu conversar com ele quando estava indo embora. O garoto disse que sempre quis um gato e pesquisou por conta própria em vídeos e livros. Mas quando finalmente viu os gatos que tanto queria, não eram de raça, com o pelo bonito como os de pet shops e cafés de gatos. Todos os felinos nas gaiolas tinham cicatrizes ou olhares hostis, que deixavam as pessoas amedrontadas. Não eram gatos que faziam as pessoas sorrirem com sua fofura.

O menino chorava abraçado a uma enciclopédia infantil de gatos e a ingenuidade da criança fez o coração de Tomoya apertar. Os pais do pequeno também não agiram por mal. Eles apenas concluíram que, se fosse para terem um gato, adotar seria uma boa ação.

Falta de pesquisa e falta de conhecimento. No fim das contas, acabaram magoando uma pequena criança que nutria grandes expectativas.

— Acho que é permissivo demais aceitar pessoas que nunca cuidaram de animais ou que têm filhos pequenos — opinou outro funcionário.

Vários colegas concordaram.

As condições para a adoção eram sempre revistas, mas as condições da Casa de Quioto eram mais brandas do que as de outros lugares.

— O que você acha, Kajiwara? — perguntou Ōta, como se pedisse ajuda.

— Se elevarmos o padrão das condições de adoção, os pedidos obviamente vão diminuir.

— Pois é. Nesse caso...

— Mas, mesmo que o número de solicitações diminua, não quer dizer que o número de aprovações vai diminuir. De fato, vai ser menor do que se a proporção continuar igual à anterior, mas...

Ōta e Madoka se entreolharam e falaram ao mesmo tempo:

— Como assim?

— Acho que, no fim das contas, apenas uma pequena parte das pessoas quer mesmo adotar um gato. Para ser sincero, muita gente vem aqui apenas por curiosidade, e aí dá de cara com a dura realidade. Acho que essas pessoas ficam arrasadas e vão embora. Se outras oportunidades surgirem para elas, é o destino. E pode ser que voltem aqui ou adotem de outro lugar. Ou desistam.

Tomoya pensou no menino que tinha chorado ao ver os gatos do abrigo. Com o rosto inchado de tanto chorar, ele lhe contara que conseguia nomear vários tipos de gatos.

O que ele faria se fosse adulto?

De repente, percebeu que todos na reunião olhavam para ele. Envergonhado, Tomoya baixou a cabeça.

— Alterar as condições de adoção impactaria na participação das pessoas em eventos de conscientização e na hora de fazerem doações. Há muito mais gente no mundo que nunca teve animais do que gente que teve. Sendo bem direto, a ideia é expandir nosso escopo de apoio não apenas para aumentar o número de gatos adotados, mas também para que pessoas que nunca tiveram bichos se interessem e gastem dinheiro em iniciativas cujo objetivo é ajudar na manutenção do abrigo. Quanto mais pessoas vierem, mais doações podemos receber.

— Ah — disse Ōta, com os olhos brilhando. — Sim, era isso que eu queria dizer!

— Talvez devêssemos privilegiar esse assunto na próxima feira de adoção. Se a pessoa não tiver experiência com gatos, pode se decepcionar vindo aqui. Mas podemos ser honestos e dizer que queremos que essas pessoas nos visitem também. Que tal?

— Tem razão. Agir com honestidade é importante. O lema deste abrigo é "honestidade e saúde, miau, miau, miau". Vamos, Kajiwara, repita comigo. Honestidade e saúde, miau, miau, miau!

— Não, essa eu passo. Já deu o horário de hoje, posso ir embora?

— Ah, lógico. É raro você ir embora cedo, Kajiwara.

Tomoya abriu um ligeiro sorriso e deixou a reunião. Ele não fazia hora extra havia alguns dias. Quando estava agachado em frente às caixas de materiais que tinha carregado mais cedo, Madoka passou por ele a caminho da saída e o chamou.

— Obrigada, Kajiwara.

— Pelo quê?

— Pelo que disse na reunião. Todos sabem que você é gentil, então acharam que sua ideia faz sentido.

Tomoya riu e baixou o olhar enquanto escolhia uma caixa de papelão.

— Eu não sou gentil — disse ele. — Sou um cara horrível.

— O quê?

— Posso ficar com esta caixa?

— Sim, mas ontem você não levou uma?

— Eu cortei um buraco no lugar errado e ele não gostou — respondeu Tomoya.

Então, escolheu uma caixa de bom tamanho, saiu do abrigo e voltou rapidamente para casa.

— Voltei, Nike — anunciou ao abrir a porta, e o gato lentamente se aproximou.

Nos cinco dias anteriores, ele estava acordado quando o tutor chegou. Tomoya se emocionava só de ver Nike com os olhos abertos, coisa que ele já tinha desistido que iria acontecer. A porta da gaiola, que antes ficava fechada, agora permanecia aberta para que o bichano entrasse e saísse livremente. O rapaz não se importava se o quarto ficasse uma bagunça.

— Tá. Espera um pouco.

Tomoya deixou de lado o próprio jantar e começou a fazer uma casa com a caixa de papelão. A que tentara fazer no dia anterior havia ficado com buracos grandes demais nas laterais. Nike até se mostrou interessado, mas sob a falta de expressividade havia uma insatisfação latente, e ele se recusou a entrar.

Hoje não iria errar. Tomoya encarou a caixa de papelão e cuidadosamente cortou um buraco com um estilete. Era menor que o do dia anterior, do tamanho exato para que Nike conseguisse enfiar a cabeça.

— Certo, parece bom — declarou ele, bem satisfeito com o resultado.

Contudo, Nike já estava dentro da caixa errada do dia anterior. Apenas a sua cabeça preta estava para fora, e seus olhos, semicerrados.

— Ora, como assim? Nike, essa está mais bonita. Usa essa.

Sem querer desperdiçar a casa de papelão bem-acabada que se esforçou tanto para fazer, Tomoya tentou atrair Nike enfiando a mão no buraco e olhando através dele com o rosto no chão. No entanto, o gato ainda encarava fixamente o espaço entre o teto e a parede, apenas com a cabeça para fora. Ignorava Tomoya completamente.

— Então tá. Hoje você está a fim dessa? Tá, entendi.

Ele não conseguia prever as ações do gato. Não conseguia prever, mas entendia. Isso acontecia não apenas com Nike, mas também com os gatos do abrigo. Mesmo depois de deixar o jantar de lado para fazer a casa de papelão, ele não estava chateado. Pelo contrário, sorria com a quebra de expectativa. Mesmo quando Nike o contrariava, ele achava muito fofo.

Tomoya se sentou de pernas cruzadas e olhou para o bichano, que encarava algum ponto na parede.

— Já entendi, Nike. Você finge que não está vendo, mas está. Dá pra saber o que se passa na sua cabeça.

Sua fala também foi ignorada. O gato não se mexia.

Porém, ele estava ouvindo. E vendo. Estava zombando com todo o seu corpo. Estava se divertindo com o tutor, sem demonstrar qualquer reação enquanto o humano tentava mil coisas.

— Você é um bom menino, Nike. Um bom menino.

As palavras saíram naturalmente ao olhar para o gato, que de repente pulou para fora da caixa. Ele estava dizendo aquelas coisas do fundo do coração. Nike era mesmo um bom menino. Não conseguia falar mais do que isso.

O celular tocou. Era a mãe, que provavelmente perguntaria quando ele poderia ir para casa novamente.

Ele deu um sorriso torto. Afinal, tinha ido no mês anterior. Naquele dia, não era sua intenção ir até lá, mas se obrigou a tirar um tempo e de repente visitar a casa dos pais, considerando que era o normal a se fazer.

Além disso, Tomoya havia ficado ocupado demais no dia que planejara voltar de fato, então encaixou a visita no dia seguinte.

Aquele comportamento estranho deixou a irmã obviamente desconfiada. Mas ele queria se distrair fazendo coisas que normalmente não fazia. Queria aumentar a carga de trabalho e se manter ocupado. Como resultado, mesmo distraído, Tomoya não queria voltar para casa. Apenas alguns dias antes, ele procurava desculpas para não voltar para o apartamento dele.

Mas agora ele subia as escadas com pressa, sentindo-se leve de alegria.

Quando o rapaz percebeu, Nike havia saído da caixa e tinha se aproximado. Ele apoiou a ponta das patas nas pernas de Tomoya, tentando escalar aos poucos. Mesmo sem estabilidade, se sentou em um de seus joelhos e fechou os olhos.

Com os olhos de lua cheia fechados, mais uma vez Nike ficava completamente preto. Um calafrio correu pela espinha do tutor.

— Não, Nike. Você não pode dormir.

Ele balançou o joelho e o gato imediatamente abriu os olhos. Em seguida, retornou para a gaiola com um movimento lânguido, enrodilhando o corpo preto. Como Tomoya queria, seus olhos ficaram abertos. Olhos que encaravam o vazio, indiferentes e inexpressivos.

Mas Nike com certeza sabia. Ele sabia o que Tomoya estava pensando. Apesar de todos ao redor falarem que era gentil, na verdade ele era frio e egoísta. Nike sabia por que, até pouco tempo antes, Tomoya não queria voltar para o apartamento de jeito nenhum.

Mesmo assim, sentiu um grande aperto no coração pela bondade de Nike em se recusar a dormir.

Um aviso foi postado na página inicial do site e a feira de adoção foi realizada como sempre.

A equipe trabalhava duro desde o sábado de manhã. Alinharam as mesas no andar mais espaçoso do abrigo e levaram os gatos nas gaiolas, um por um. O espaço foi dividido em diversos estandes para documentação, palestras e vendas de itens doados.

Tomoya carregava as caixas com os gatos para adoção. Apesar de os animais do abrigo terem nomes, eles eram chamados por números. Quando um número ficava disponível, um novo gato tomava esse lugar. Podia parecer que tratavam os gatos como objetos, o que não era bom para a reputação do abrigo, mas era uma forma de impedir que os funcionários se apegassem aos animais — e por consideração pelos futuros tutores. Assim, eles pediam que as novas famílias dessem novos nomes.

Depois de arrumar todos, Tomoya soltou um suspiro. Ao inclinar-se para a frente, seu olhar encontrou o do gato na caixa de transporte.

— Peruca. Você já está aqui há muito tempo. Espero que alguém legal venha hoje.

Na caixa número nove tinha um gato macho preto e branco. Seu rosto era branco, e a região das sobrancelhas, até a parte de trás da cabeça, era preta. Por isso, era chamado de "Peruca". Eles chamavam os animais por números para não se apegarem, mas, no fim das contas, todos os gatos naturalmente ganhavam apelidos. Peruca logo completaria dois anos no abrigo. Já havia passado por diversos períodos de experiência, mas infelizmente nenhuma adoção tinha se concretizado.

Quando terminou o trabalho, Madoka foi para o lado de Tomoya.

— Terminamos de montar o estande dos gatos indisponíveis para adoção. Colocamos um aviso bem grande, para que as crianças não se aproximem deles como fizeram no outro dia.

— Muito obrigado — respondeu Tomoya, com um sorriso.
Depois daquela reunião, sugeriram que talvez fosse melhor não deixarem à mostra os gatos indisponíveis para adoção, mas não seguiram com a ideia.

— Fiquei surpresa por você se opor tão veementemente à ideia daqueles gatos não participarem da feira — comentou Madoka, rindo como se zombasse dele.

Tomoya ficou um pouco envergonhado.

— Será que fui muito duro?

— Não, lógico que não. Quando você disse que conscientizar as pessoas sobre a situação do abrigo é, indiretamente, uma maneira de reduzir o número de gatos abandonados, eu concordei. Esconder coisas desagradáveis não é a solução, né?

— Mas só podemos deixar à mostra alguns deles. Os que têm problemas sérios não podem sair do gatil. Essa também é a realidade.

— Pensando agora, seu gato também foi resgatado por nós, né, Kajiwara?

— Sim, foi. Mas eu o adotei antes de ele vir para o abrigo.

— Por quê?

— Depois que ele foi tratado na clínica do dr. Kokoro, eu o levei direto para casa...

— Não, não — interrompeu Madoka, despreocupada como sempre. — Por que aquele gato exatamente? Temos muitos gatos resgatados e você cuida muito bem deles. Apesar disso, acho impressionante como você consegue manter certo distanciamento deles. Com certeza, ainda acho que você é um bom cuidador, mas foi o destino que te levou a adotar aquele gato em particular? Ou foi algo como amor à primeira vista?

Tomoya piscou. Ele nunca havia pensado nos motivos para ter adotado Nike.

Os dois se conheceram de forma intensa. Nike estava trancado em uma gaiola apertada, deitado e coberto de fezes e urina. Ele achou que o gato estava morto. Então, quando o tirou da gaiola, Nike mostrou os dentes e mordeu Tomoya. Seus quatro caninos penetraram tão fundo em seu braço que saiu sangue. A cicatriz ainda era visível no antebraço.

— Não foi bem amor à primeira vista, foi mais um batismo de fogo intenso.

— Hã?

Eles ouviram vozes alegres. Estava na hora de a feira de adoção começar.

Os visitantes eram diversos: famílias com crianças, moças, rapazes com seus pais idosos. Algumas pessoas tinham um olhar que brilhava de expectativa, outras, ansiosas, olhavam de longe para as gaiolas, e houve até um casal que se entreolhou com desconforto e logo foi embora. Fotos e detalhes eram postados no site com antecedência, mas muitos dos gatos não estavam acostumados com câmeras, então as imagens ficavam ruins. As pessoas costumavam dizer que era completamente diferente vê-los ao vivo. Por isso os responsáveis pelo abrigo preferiam a visita presencial.

Todos os funcionários estavam ocupadíssimos fornecendo informações. Quando apareceu uma moça interessada em ver Peruca, Tomoya a atendeu. Ela parecia estar acostumada com gatos, mas Peruca estava com as orelhas viradas para trás, com um ar nervoso. Era uma questão de compatibilidade ou era apenas o momento? Tomoya achou melhor não a deixar chegar muito perto e não lhe entregar o gato. Depois de pensar muito, a moça foi embora, relutante em se despedir.

— Que pena, né?

Tomoya sorriu para Peruca, que ainda estava em seus braços. O animal bocejou, parecendo aliviado.

Nesses momentos, insistir um pouco podia ajudar a fazer as coisas darem certo. Mas também era possível acontecer o contrário, tornando a situação difícil de se lidar. Gatos e humanos. Pequenos detalhes eram capazes de mudar tudo.

Madoka se aproximou, inquieta.

— Kajiwara, a família do mês passado está aqui.

— A família do menino que viu os gatos e chorou sem parar?

Havia muitas pessoas na feira. Tomoya esticou o pescoço e viu a família com a criança no meio da multidão. Um casal jovem com um filho que parecia estar no jardim de infância.

— Verdade. O menino ficou todo assustado e, mesmo assim, eles o trouxeram de novo?

Não importava o quanto ela se interessasse pelos animais, era imprudente levar uma criança que tinha medo de gatos para um local como aquele. Da outra vez, o menino abrira um berreiro, os gatos ficaram amedrontados com o escândalo e a feira foi suspensa por cerca de uma hora. Tomoya não queria que a confusão se repetisse.

— Vou tentar falar com eles. Segura o Peruca — pediu.

Ele entregou o bichano a Madoka e foi até a família. Eles também o notaram, e o casal se curvou, parecendo constrangido.

— Nos desculpe pelo ocorrido na última vez. Você é o vice-diretor do abrigo, certo?

— Isso, me chamo Kajiwara, boa tarde. — Tomoya sorriu para o menino — Boa tarde, rapazinho.

— Boa tarde! — respondeu o menino, cheio de energia.

Considerando que achava que o garotinho estaria com medo, aquilo foi inesperado. Ele entregou um livro ilustrado a Tomoya.

— Olha!

— Hã? O quê?

O menino insistiu e empurrou o livro para ele. Tomoya pegou o livro, confuso, mas então ficou admirado.

— Você pesquisou sobre gatos resgatados?

Era um livro infantil que explicava sobre proteção animal. Falava da convivência entre bichos e humanos, com informações sobre o trabalho dos abrigos, gatos abandonados e cachorros vira-latas, tudo escrito em letras grandes e com bonitas ilustrações.

No mês anterior, o menino segurava um guia ilustrado sobre gatos. Agora, o livro da vez não tinha fotos de gatos fofinhos, mas falava das dificuldades de se viver com um gato. "O menino leu esse livro", pensou Tomoya, emocionado com a atitude. Ele sentiu os olhos arderem com lágrimas que começavam a brotar.

— Ele queria vir aqui de qualquer jeito e não nos escutava — disse a mãe do menino, timidamente. — Nosso filho é muito teimoso. Quando diz que quer algo, não cede. Vamos garantir que ele se comporte hoje, então podemos participar da feira?

— Podem, sim. Com certeza — respondeu Tomoya.

Ele devolveu o livro ilustrado ao menino e abaixou a cabeça. Estava envergonhado pelas críticas de antes. Havia se envolvido em diversas situações com gatos no abrigo e se orgulhava de tomar decisões racionais. No entanto, o que precisavam era de pessoas que tratassem os animais com carinho. Mesmo que não adotassem um naquele dia, seriam gentis com eles em outro momento, de outras maneiras.

Depois disso, ele ficou ocupado dando explicações e conselhos a diversos visitantes. De repente, notou o menino e o casal conversando com Madoka, que estava com Peruca no colo.

Madoka se abaixou na frente do pequeno. A distância entre Peruca e a criança diminuiu, e o menino esticou os braços como se quisesse abraçá-lo, mas o gato era muito grande para uma criança pequena. Como era impossível segurá-lo sozinho, alguém por perto o ajudou a carregá-lo.

Peruca ficou ali pendurado, impotente, apenas deixando rolar. Mesmo que o menino o segurasse com força, era como se o gato lhe desse permissão para fazer o que quisesse. Não parecia nervoso como antes.

Ah, era aquilo.

Aquilo que era destino. Não havia explicação.

Ao ver a família seguir com os procedimentos para levar Peruca para o período experimental, ele percebeu que aquele tipo de conexão não era algo que se escolhia. Quando estava indo embora, o menino abordou Tomoya novamente.

— Meu gato tem um capacete na cabeça. Então vou chamar ele de Helmet, que nem em inglês.

— Hum... é mesmo? Que nome maneiro.

— E você, moço?

— O quê?

— Um gato. Você tem gato?

— Tenho um, se chama Nike.

— E como ele é? Que tipo de gato é? — perguntou o menino, muito curioso.

Tomoya não sabia se ele se tornaria o tutor de Peruca. Mesmo assim, esperava que sua curiosidade se espalhasse como uma onda.

— Eu tenho um gato preto. Um gato preto e bonzinho.

Foi apenas quando expressou em palavras que se deu conta. Nike era um gato bonzinho. Ao acenar para o menino, Tomoya olhou para o próprio antebraço. A cicatriz da mordida de Nike ainda estava lá. Naquele dia, Nike o mordera, mesmo sem ter forças para se levantar direito. E quando o rapaz o soltou, surpreso, o bichano continuou ameaçando os outros funcionários que tentavam salvar os gatos que ainda respiravam. No fim, conseguiram salvar apenas uma fêmea tricolor, que devia estar protegendo o grupo. Talvez eles fossem uma família.

Após a feira de adoção, muitos gatos foram levados por futuros tutores para o período experimental. Quantos seriam realmente adotados? E mesmo após a adoção, as famílias precisavam relatar as condições dos gatos por muitos anos. Eles continuavam protegendo os gatos durante toda a vida.

Tomoya saiu tarde da noite do abrigo, depois de limpar o local e resolver burocracias. Estava exausto, física e mentalmente. Chegou em casa sem conseguir pensar em nada, entrou no quarto e acendeu a luz. Também não estava com vontade de comer, então olhou ao redor, pensando que poderia deixar tudo para o dia seguinte. Nike estava deitado na parte mais baixa da gaiola. Sua respiração parou.

Antes que fosse capaz de agir, seus pensamentos aceleraram. "Ele morreu. Ele morreu."

Depressa, Tomoya colocou as mãos na gaiola. Nike não moveu um músculo, com os olhos fechados e o corpo esticado. Sem compostura para lidar com a situação com cuidado, ele o pegou com as duas mãos, e a cabeça do gato pendeu para o lado. Mal conseguiu tirar o gato da gaiola.

— Nike?

O gato estava quente. Quando acariciou sua barriga preta e macia, ela estava subindo e descendo. O bichano ainda estava vivo.

Sentindo um alívio no fundo do coração, Tomoya soltou um suspiro trêmulo. No entanto, por mais que chamasse ou chacoalhasse, o gato não acordava. O rapaz não sabia se dessa vez ele havia realmente entrado em estado de coma ou se acordaria durante o dia, como antes. Mas não podia deixá-lo ali.

O hospital veterinário mais próximo de seu apartamento tinha serviço de emergência. Porém nenhum hospital encontrara a razão para o gato não acordar antes. Mesmo após examiná-lo, não havia nada de errado com Nike. Ele concluiu que a única pessoa que poderia ajudá-lo era Kokoro Suda.

O último trem já havia partido, então Tomoya ligou para a empresa de táxis. Suda levava os casos a sério, fossem eles emergenciais ou não. Tomoya enrolou Nike em um cobertor e o colocou na caixa de transporte, então ligou para a clínica assim que saiu de casa. Após várias chamadas, o doutor atendeu. Ele lhe explicou a situação enquanto entrava no táxi.

Sem saber o que deveria fazer ou pensar, o rapaz correu para a Clínica Veterinária Suda no meio da noite. O veterinário esperava com a porta dos fundos aberta, vestindo o jaleco por cima do pijama. Tomoya entrou no consultório e deitou Nike na maca metálica.

— Dr. Kokoro, desculpe por vir neste horário...
— Sem problemas. É a mesma coisa de antes?
— Sim. Não importa o que eu faça, ele não acorda. Mas na última semana, mais ou menos, ele voltou a se mexer. Até hoje de manhã ele estava bem.
— Certo, vamos examiná-lo.
Suda examinou Nike de diversos ângulos, que não se mexia de jeito nenhum. Ele abriu as pálpebras e a boca do bichano, fez raio X e o examinou minuciosamente. Durante todo o procedimento, o gato permaneceu imóvel.
— De fato, a causa ainda é desconhecida — declarou Suda com um suspiro, a expressão triste.
Tomoya já sabia, mas não conseguiu evitar e suspirou também.
— É mesmo?
— Desculpe.
— Não. — Tomoya se apressou em tranquilizá-lo. — Não se desculpe. O senhor é o único que examina Nike bem desse jeito, dr. Kokoro. Mesmo sabendo que não tem nada de errado com o gato e que não tem nada que eu possa fazer, não posso deixá-lo assim. Talvez ele acorde amanhã de manhã. É o que eu espero, mas...
— Já aconteceu isso antes, mas quando não se acorda com uma injeção, significa que ele está em coma. Só que ele acorda durante o dia, se alimenta e faz as necessidades. Nunca ouvi falar de uma situação assim. Como posso dizer... é como se ele fosse apenas muito determinado. — Suda deitou Nike no cobertor e o acariciou delicadamente. — Ele sempre teve muita vontade de viver. Era para ter morrido naquele prédio, mas conseguiu sobreviver. Talvez ele esteja prestes a morrer, mas resistindo o melhor que pode.
As palavras de Suda suscitaram uma lembrança em Tomoya. Alguém já lhe falara algo parecido.
Ele olhou para Nike. O pelo preto ondulava belamente sob a luz do consultório. Até pouco tempo antes, ele não queria voltar para casa, onde Nike o esperava dormindo.

— Dr. Kokoro?
— Sim?
— Acho que Nike não tem muito mais tempo, né? — perguntou em um tom neutro.
Suda lhe respondeu calmamente:
— É, talvez.
— Quando...
Tomoya olhou vagamente para Nike. Sua barriga subia e descia. A pelagem preta lustrosa era bela. Ele tinha medo de verbalizar aquilo e até o momento não conseguira dizer nada. Parecia horrível só de pensar. Mas ele não podia deixar de colocar aquele sentimento para fora.
— Quando ele vai morrer?
— Kajiwara.
— Me diga, por favor. Quando o Nike vai morrer? Não dá. Não aguento mais, dr. Kokoro. Todos os dias, desde que o Nike passou a dormir constantemente, eu penso que vou encontrá-lo morto quando chegar em casa, e não consigo me concentrar em mais nada. No trabalho, fico distraído e cometo erros, pensando que Nike pode morrer a qualquer momento e que preciso voltar para casa... Só penso no quanto quero ficar ao lado dele.
"É assim que as pessoas se sentem quando estão prestes a enlouquecer?"
Era como se pudesse observar o próprio coração, agora não mais contido, e os pensamentos que transbordavam sem parar.
— Mas isso seria uma atitude irresponsável — continuou. — Eu tenho um emprego. Tem muitos gatos no abrigo que precisam dos meus cuidados e uma pilha de coisas que preciso resolver. Tenho que ser responsável, não posso largar tudo por causa do meu gato. Tirar dias de folga? Para ficar com o meu gato? Dizer que gatos são uma parte importante da família a ponto de abandonar o trabalho e voltar para casa? Por favor, me diga, dr. Kokoro: se fosse um membro humano da família, todos concordariam, então por que não aceitam quando isso acontece com gatos? O que é impor-

tante varia para cada pessoa. Mesmo que não seja importante para outras pessoas, é importante para mim.

Racionalmente, ele entendia. Ele tinha bom senso. Por isso, provavelmente não tomaria uma atitude. Se algum conhecido fizesse isso, ele compreenderia, mas advertiria com delicadeza. Era essa a posição em que Tomoya se encontrava.

Amar animais significava passar por essa situação algum dia. Ser atormentado pelo dilema do dever e dos sentimentos, e não poder falar disso com ninguém. Suprimir suas emoções, tentando se convencer de que não são nada de mais.

Aquela tentativa de conter seu coração lhe causava muita dor. Tomoya apertou o peito com força. Sentiu que estava prestes a explodir, de tão doloroso que tudo aquilo era.

— Não tem como saber quando algo vai acontecer. Mesmo que eu jogue tudo pro alto hoje, o que vai acontecer amanhã? E se estivermos juntos amanhã e ele morrer no dia seguinte? Então tudo o que eu fizer vai ser inútil. Não quero viver em função de um gato. Por mais que ele seja importante, preciso traçar um limite. Por isso faço planos pra chegar o mais tarde possível em casa, passo na casa dos meus pais e fico matando o tempo. Então repito para mim que vai ficar tudo bem. Mesmo que eu faça essas coisas idiotas, quando volto para casa é inevitável sentir muito medo. A cada vez, me pergunto se vou encontrar o Nike morto.

Tomoya não sabia quando tinha começado a tremer, nem a chorar.

Lágrimas transbordavam de seus olhos. Escorriam em grandes gotas. A única coisa que conseguia ver era seu punho fechado.

— Quando volto para casa e vejo o Nike imóvel, sinto calafrios. Imagino que meu gato morreu. Mas então fico aliviado ao perceber que ele ainda está quente. Meu gato ainda está vivo. Quero passar mais tempo com ele. Mas, dr. Kokoro, eu... eu...

Ele achou que não seria bom prosseguir. Mesmo inconsciente, Nike estava ouvindo. Seria muito deprimente saber o que seu tutor pensava.

Tomoya levantou o rosto para Suda. O veterinário apenas permaneceu em silêncio, com o semblante triste. Não o incentivava, nem o repreendia. Ele conteve os soluços e colocou para fora o que acumulou dentro de si:

— Quero que o Nike se vá. Quero que se vá ao meu lado, enquanto eu estiver com ele. Não quero que ele morra sozinho. Não quero. Não quero que ele morra se sentindo solitário, enquanto eu não estiver com ele.

Ele não conseguia mais se segurar. Foi empurrado por uma onda de emoções que era incapaz de controlar. O corpo de Tomoya tremia, e ele soluçava.

Depois de algum tempo, o rapaz gradualmente se recompôs. Cabisbaixo, tentou dar um jeito no rosto, molhado de lágrimas. Suda lhe ofereceu uma caixa de lenços.

— Obrigado — murmurou ele, limpando o rosto.

Nunca havia chorado tanto. Sentiu vergonha do estado em que ficara.

— Você devia estar muito estressado — disse Suda calmamente.

— É preciso desabafar de vez em quando. Se os tutores não se cuidam, o peso recai sobre os animais.

Em geral, se as pessoas vissem um homem adulto desabar daquele jeito na sua frente, ficariam chocadas. Mas Suda não agiu dessa forma e tampouco sentiu pena. Ele era justo com humanos e com animais. Não demonstrava empatia, mas também não era negligente.

Tomoya achava que ele era uma pessoa antiquada. O tipo de veterinário que avaliava os casos de acordo com a sua experiência. Em uma era onde os ensaios clínicos e as pesquisas avançavam, seus métodos veterinários provavelmente estavam ultrapassados.

No entanto, ele atendia pacientes no meio da noite e trabalhava incansavelmente para ajudar os animais. Era possível sentir o seu amor pela profissão.

"Será que um dia serei como ele?", perguntou-se.

— Dr. Kokoro, desculpe por parecer tão patético na sua frente.
— Não se preocupe. Tudo o que posso fazer é escutar.
— Não é verdade. Me sinto muito melhor depois de ter falado essas coisas para o senhor. Apesar de trabalhar com animais, eu carregava pensamentos horríveis. Realmente me sinto muito mal pelo Nike. Gostaria de ser calmo e gentil como o senhor.
— Você pode pensar o que quiser. Sejam coisas boas ou ruins, você está pensando. É melhor do que ser como eu, que não pensa em nada. — Suda deu um sorrisinho e acariciou delicadamente o corpo de Nike, que ainda dormia. — Eu sei muito pouco sobre a mente das pessoas e dos animais. Que ironia meu nome significar "mente", não é?

Era a primeira vez que Suda falava sobre si. "Que raridade", pensou Tomoya, um pouco surpreso. Não havia sinais de emoção na sua fala, mas talvez algo doloroso tivesse acontecido no passado. Seu rosto seguia calmo como sempre.

Suda mais uma vez abriu as pálpebras de Nike e confirmou que o bichano estava apagado.

— Ele não reage de jeito nenhum. É como se tivesse perdido a consciência. Por outro lado, me pergunto por que ele estava bem até hoje de manhã. Houve alguma mudança ou gatilho?

Ao ouvir "gatilho", ele de repente se lembrou.

— Aquela clínica.

— Em qual clínica veterinária você o levou? Que tratamento fizeram?

— Não era uma clínica veterinária. Tem uma clínica psiquiátrica estranha, chamada Clínica Kokoro, que fica perto daqui. Desde o dia em que fui lá, Nike começou a ficar acordado na minha frente. Achei que tinha sido apenas uma coincidência.

Ele relembrou as interações que teve na clínica. O que o médico e a enfermeira tinham falado mesmo?

Algo sobre um gato reserva. Sobre o gato não ser mais eficaz. Disseram para usar o gato que tinha em casa e que, se não funcionasse, era para voltar. Também falaram que ele provavelmente não voltaria lá.

— Se o Nike não estiver mais fazendo efeito... — murmurou ele bem baixinho.

Será que, se fosse mais uma vez à clínica, Nike acordaria? Ele sabia que isso era impossível. Não acreditava em coisas sobrenaturais.

Ainda assim, se houvesse apenas uma possibilidade remota, ele iria lá.

Mesmo durante a tarde, o beco era escuro. O prédio no final da rua era exatamente igual àquele em que Nike havia sido abandonado.

Ele não acreditava em coisas sobrenaturais. Porém, quando abriu a porta da clínica e viu a enfermeira sentada na recepção, lhe veio à cabeça que havia coisas estranhas no mundo que ele desconhecia.

Aquela mulher.

Ele a encontrara na Clínica Suda diversas vezes. Era a tutora da gata tricolor que fora resgatada junto com Nike.

A moça levantou os olhos para Tomoya e soltou um suspiro leve e sedutor.

— Sr. Kajiwara. Seu gato acabou não fazendo efeito?

Não havia dúvidas. Ela não era espalhafatosa, mas tinha um ar de sedutora profissional e um olhar melancólico. Ele apenas trocara algumas palavras com ela na sala de espera da clínica, mas era o suficiente para se sentir tenso.

— Sr. Kajiwara?

— Ah, oi. É... então, de fato eu...

"Conheço você de um lugar", era o que queria dizer, mas as palavras não saíram.

*Mas o que é isso? O senhor está flertando comigo?* Ele se lembrou da risada zombeteira da enfermeira e suas bochechas enrubesceram.

— Enfim, nada. Hoje também não tenho horário marcado. Tem algum problema?

— O doutor está esperando, sr. Kajiwara. Mas eu queria que você não precisasse mais voltar aqui. Ele é um idiota, que vai rir feito um bobo e tentar te receitar um gato mais eficaz. Desistindo de si, sabe?

A enfermeira baixou o olhar, parecendo triste, até sofrida. Tomoya ficou confuso com aquele papo de que ela não gostaria que ele tivesse ido à clínica.

— Se não for um bom momento, posso voltar outro dia...

— Aquela poltrona é apenas para pacientes com hora marcada. Por favor, sente-se.

— Certo.

Como lhe foi instruído da outra vez, ele se sentou na poltrona e esperou. "O que é essa sensação?", refletiu. Tudo sobre aquele local era peculiar, mas a sala de espera tinha a mesma atmosfera de outras clínicas. Ele se sentia um pouco ansioso, mas aliviado com a possibilidade de resolverem seu problema. Ao mesmo tempo, era estranho não ter uma caixa de transporte no seu colo, talvez por estar acostumado a frequentar clínicas veterinárias.

— Sr. Kajiwara, por favor, entre — chamou uma voz do consultório.

Ao entrar, Tomoya viu o médico de jaleco branco sorrindo. Eles se sentaram nas cadeiras dobráveis, encarando-se a uma pequena distância.

— Boa tarde, sr. Kajiwara. Como está? Melhorou?

O rapaz olhou atentamente para o médico. Ele achou algo estranho quando fora até ali antes. "O que é essa sensação?" Ele estava tonto, como se estivesse se vendo do outro lado.

— Ei, doutor...?

— Sim?
— Eu conheço você de algum lugar?
Parecia improvável, mas era como se ele conversasse com um espelho. Achou até assustador. No entanto, o médico soltou uma risada alegre para Tomoya, que tinha uma expressão tensa.
— Sr. Kajiwara, esse é o tipo de coisa que se diz quando se está interessado em alguém. Você é inacreditável, hein? Por favor, não flerte comigo no meio da consulta.
O médico continuou rindo. Atônito, Tomoya corou e tentou se levantar, mas estava nervoso demais para sair.
— Vou embora.
— Não, não, não. Estou brincando. Não leve a sério, por favor.
O sujeito sorridente o acalmou e ele voltou a se sentar com relutância. O médico e a enfermeira estavam de brincadeira. As pessoas costumavam falar que Tomoya era gentil, mas sua expressão de mau humor era nítida. Já o médico parecia completamente indiferente.
— Qualquer maneira de conhecer alguém é boa. Seja com um flerte ou por casamento arranjado. As pessoas gostam de atribuir significado aos encontros, como se fosse obra do destino ou algo único na vida. Mas essas coisas são adicionadas posteriormente; naquele dia, naquele horário, basta um capricho ou acontecimento ao acaso. Afinal, existem muitas pessoas e muitos gatos nesse mundo. Muitos mesmo, sr. Kajiwara. De verdade.
Ouvi-lo reforçar aquilo tantas vezes deixou Tomoya mais intrigado do que irritado.
— O que quer dizer com isso? — perguntou, desconfiado.
— Quero que você entenda o significado do que estou falando. E então, o que acha? Você me ouviu direitinho?
— Sobre o quê?
O assunto mudava tanto que era cansativo. Ele acabou falando como uma criança emburrada. Já o médico continuava sorrindo.

— Você cometeu mais erros porque estava se distraindo muito. E agora? Se sente melhor depois de desabafar?

Ele ia perguntar sobre o que o médico estava falando, mas então se lembrou.

— Está falando do dr. Kokoro?

— No fim, você não melhorou por minha causa, mas por conta própria e por causa das pessoas ao seu redor, não é? Fico feliz que esteja bem. Agora já está na hora daquele seu gato que só dorme desaparecer, certo?

— Como sabe do meu gato?

Ele havia deixado Nike — ainda dormindo — na clínica Suda. Tinha trabalho no dia seguinte. Será que deveria deixá-lo direto na clínica, para que Suda ficasse de olho nele? Ou seria melhor levá-lo de volta para casa e passar os dias preocupado? Qualquer que fosse a sua escolha, Tomoya tinha medo de se arrepender.

O médico sabia sobre Nike. Também sabia sobre o dr. Suda. A enfermeira provavelmente era a mesma mulher que frequentava a clínica veterinária e provavelmente tinha uma conexão com a Clínica Suda.

Não era coincidência ele ter encontrado esse lugar. Alguma coisa o havia atraído. Tomoya tentou acalmar suas emoções.

— Meu gato está em um semicoma há aproximadamente um ano. Eu não sei a razão. Mas depois que vim aqui, ele voltou a acordar. Agora, está inconsciente de novo. Se você sabe de alguma coisa, por favor, me diga. Como posso fazer meu gato se sentir bem outra vez?

— Seu gato não vai mais acordar — disse o médico com um leve sorriso. — Esse é o tempo de vida dele.

O espacinho que os dois dividiam parou na existência. Tomoya ouvia as batidas do próprio coração. Estava óbvio agora que essa era a resposta. Sem tirar os olhos do médico, ele disse:

— Se é assim, a partir de agora, vamos ficar juntos para sempre.

— Impossível — declarou o médico, inclinando a cabeça. — Todo mundo morre sozinho. Assim como não se escolhe o momento do encontro, não se escolhe o momento da morte. Todo mundo é igual, pessoas e animais. Por favor, não se apegue, para que não tenha arrependimentos.

— Mas meu gato tem memórias dolorosas. Não quero que ele ache que está sozinho quando morrer.

— Então vou falar algo para que se sinta melhor — disse o médico.

Em seguida, soltou uma gargalhada. E a expressão misteriosa que havia tomado seu rosto risonho se desfez.

— Gatos são mais fortes do que você pensa. Os gatos fecham os olhos e, quando dormem, se divertem flutuando por aí. Assim, mesmo que estejam sozinhos, os gatos têm o poder de morrer enquanto têm sonhos divertidos. Afinal, eles podem curar qualquer preocupação. Bom, talvez "qualquer" preocupação seja um exagero. Ultimamente, se você exagera demais, as pessoas acabam reclamando.

O médico riu com a maior leveza, deixando Tomoya atônito. Depois, o sujeito assentiu.

— Na verdade, eu gostaria de ter prescrito um gato fofinho e muito eficaz, para que você tivesse boas memórias com ele. Acho que você teria se sentido bem, daria boas gargalhadas. Mas fico feliz que o gato reserva tenha mostrado algum efeito. O que você acha? Seus sintomas estão melhorando, então vamos tentar um gato diferente na próxima…

— De jeito nenhum! — A cortina atrás do médico se abriu com força. A enfermeira tinha uma postura imponente. — Por que está desistindo tão fácil? Por que o senhor não insiste mais e faz um escândalo para ficar? Quando o novo gato vier, o senhor pode brigar com ele pelo tutor! O senhor consegue fazer isso, porque ainda está aqui! — gritou a enfermeira.

Depois, fechou a cortina com força. Foi tudo muito rápido.

Enquanto Tomoya e o médico ainda estavam paralisados, a cortina se abriu novamente, revelando um olhar furioso da enfermeira.

— Você é homem, não é? Se tem colhões, mostre alguma coragem!

Mais uma vez, a cortina se fechou com força.

Eles ficaram ali, atordoados, observando a cortina por algum tempo, esperando que ela se abrisse mais uma vez. Finalmente, o médico virou a cadeira e olhou para Tomoya.

— Bom, isso foi como levar um soco no estômago. Será que ela tomou uma xícara muito forte de chá de matatabi? Ela até falou de "colhões".

— Hum... é mesmo? Eu não ouvi nada — disse Tomoya, tremendo e apoiando o rosto nos braços, para conter o riso que crescia dentro dele.

Na verdade, ele ouvira muito bem, mas sentiu vergonha de cair na gargalhada com a mulher por perto.

— Colhões... — repetiu o médico, sério. — Ela estava falando no sentido de coragem, né? A sra. Chitose é mesmo dura na queda. Sinto como se tivesse levado uma pancada na cabeça. Que bom que ela me acordou.

— Ela... é uma pessoa audaciosa, né?

Ele não encontrou outro termo melhor. Palavras que a descreveriam com precisão, como "arrogante" ou "teimosa", talvez lhe rendessem um tapa na cabeça.

— Eu a considero minha irmã mais nova — disse o médico, rindo, despreocupado. — Nós nos conhecemos há muito tempo. Por obra do acaso, sempre estamos juntos. Eu tinha muitos amigos, mas ela foi a única que se esforçou para ficar comigo até o fim. É alguém forte e gentil. E uma beldade.

O médico espiou de relance a cortina. Seu olhar era muito carinhoso. Ele vivia sendo repreendido pela enfermeira, mas pelo visto os dois tinham um laço bem forte. As palavras "irmã mais nova" fizeram Tomoya se lembrar da própria irmã.

— Enfim, sr. Kajiwara. O que faremos?

— Hã?

— Existem muitos gatos no mundo. Qualquer que seja o gato, é apenas um gato. Mas se você cuidar bem dele, aí deixa de ser um simples gato. É muito eficaz. Quando você estiver sofrendo ou quando achar que vai sofrer, não tente reprimir a dor. Se tomar o remédio logo, pode ser que não vire nada sério. Não há nada de errado nisso.

O médico abriu um sorriso alegre.

Tomoya já vira aquele rosto. Era como se olhasse no espelho.

Amigável, mas bobo e provocador. Ele já vira o rosto antes, mas não conhecia aquele sorriso. A expressão que via no espelho geralmente era melancólica.

O rosto que via no espelho?

Tomoya balançou a cabeça, refutando a ideia. No que estava pensando? Parecia que tinha sido engolido pelo clima esquisito da clínica. Aquela era uma clínica psiquiátrica. Os métodos e o médico não eram convencionais, mas podiam curar transtornos mentais. Ele fora ali sozinho, pensando no próprio bem, e ele mesmo abriu a porta.

— E então? Que tal eu te receitar um gato? — perguntou o médico, com um sorrisão.

Tomoya franziu um pouco a testa. Realmente, aquele médico tinha um sorriso bobo.

Ao sair do consultório, ele viu apenas o sofá vazio. Mais nada. Não havia ninguém.

Tomoya ficou parado ali. No fim das contas, não tinha recebido tratamento algum. Apenas tivera uma conversa sem sentido com o médico peculiar. Acabou desperdiçando tempo enquanto Nike esperava na Clínica Suda.

No entanto, por mais estranho que fosse, se sentia mais leve. Até revigorado, poderia dizer.

— Sr. Kajiwara.

Ele notou alguém agitando a mão. Atrás da pequena janela da recepção, a enfermeira olhava para cima com um semblante sério. Ela era mesmo uma beldade. Porém, quando se lembrou do que ela falara antes, sentiu que cairia na gargalhada.

Tomoya pigarreou e tentou segurar o riso.

— Fui instruído a dizer para a paciente com hora marcada para entrar, mas não tem ninguém aqui — comentou.

Então a enfermeira soltou um suspiro.

— A srta. Torii só me causa problemas. Agora que ela finalmente veio, não voltou. Não apareceu mesmo depois do prazo de administração do gato ter expirado. Realmente, não podemos fechar esse lugar ainda. Preciso fazer o doutor aguentar até que cure os pacientes com consulta marcada.

Então, de repente, se virou para Tomoya com um olhar feroz.

— Sr. Kajiwara.

— Si-sim?

— Ele não se preocupa consigo, então cuide bem dele, ouviu? Entendeu? Deixo nas suas mãos.

— Tá.

Tomoya estava sendo repreendido por algo que nem sabia o que era. Ele não conseguia mesmo entender aquela mulher. Quando deu as costas para ir embora, ouviu-a falar com uma voz tão gentil que se surpreendeu:

— Quando um gato vai para longe, tudo o que ele pensa é no tempo feliz que passou com você.

Ele se virou, e a enfermeira sorria.

— Eu parti sozinha quando estava em um lugar deserto. Mas não senti frio. E também não me senti solitária. Eu fiquei com ela e fui feliz até o fim. É isso que querem dizer quando falam que gatos amam pessoas. Se por acaso o senhor encontrar a pessoa que era importante para mim, por favor, diga isso a ela. Cuide-se.

Então, ela baixou o olhar como se nada tivesse acontecido.

"Tanto esse médico quanto a enfermeira são muito esquisitos", pensou Tomoya ao sair da clínica, em silêncio. No quinto andar daquele prédio, quando Nike e os outros foram resgatados, todo o andar estava vazio, exceto por aquela sala. E parecia que agora apenas a sala vizinha no final do corredor estava ocupada. Isso já era suficiente para ele se sentir aliviado, vendo que aquele era o mundo real.

Será que ele voltaria ali? Talvez, se aqueles ao seu redor lhe recomendassem. Ele era grato por ter pessoas que se importavam com ele, mas não queria mais preocupá-las.

Por isso, provavelmente não voltaria.

Quando Tomoya retornava com a montanha de cobertores e camas de gato que havia acabado de lavar, encontrou o menino que adotou Peruca. Ele e a mãe estavam em frente ao quadro de avisos na entrada, encarando o anúncio de um seminário para crianças.

Foi a mãe que notou a presença de Tomoya.

— Olha, Kō. O vice-diretor.

Então o menino foi correndo até Tomoya, que deixou no chão o que carregava e se agachou.

— Boa tarde, rapazinho. Veio para o seminário?

— Vim! Eu quero ser médico de gatos. E, bom, estou desenhando o Met e os amigos dele. Quer ver?

Eufórico, o menino falava rápido. Sem entender nada, Tomoya olhou para a mãe como se pedisse ajuda. Ela sorria.

— Ele está falando do nosso gato. Como Helmet é difícil de pronunciar, decidimos colocar o nome dele de Met. Não é, Kō? Você desenhou o Met, agora mostra pro vice-diretor.

— Tá. — O menino assentiu vigorosamente e desdobrou o papel que tinha em mãos. — Olha! Esse é o meu Met.

Havia um rabisco desenhado com giz de cera no papel branco. A mancha branca e preta talvez fosse Met, antes conhecido como Peruca. Tinha o que parecia orelhas triangulares e bigodes. E na ilustração também havia o que provavelmente eram pessoas, e algo em volta de Met que só podia ser uma cortina vista na entrada de restaurantes. O menino apontou para o próprio desenho.

— Esse sou eu. Essa é a mamãe. Esse é o Met e esse é o amigo do Met.

Pelas orelhas e bigodes, dava para perceber que era um gato. No desenho, o menino e a mãe estavam em volta dos dois bichanos. E todos sorriam, o que fez Tomoya sorrir também ao contemplar o papel.

— Ah, é? O amigo do Met? — disse Tomoya. Depois, ainda agachado, perguntou para a mãe: — Vocês adotaram mais um gato?

— Impossível. Já tenho muita coisa para fazer cuidando apenas do Met e desse menino. Kō, esse gato preto é o gato do vice-diretor, né?

O menino assentiu cheio de vontade.

— Isso mesmo! O gato preto é do moço. Ele é amigo do meu Met.

Mais uma vez, ele mostrou o desenho. O gato preto e branco era Met. Ao seu lado, o gato desenhado com giz de cera preto e borrado com o dedo era Nike, que também sorria.

— Entendi. Então você desenhou meu gato também. Obrigado.

— Ele está em uma competição de escalada com o Met. Né, mamãe? Incrível, né?

— É, sim — respondeu a mãe, abrindo um sorriso constrangido. — A cortina e o papel de parede estão acabados porque o gato agarra com as unhas. Eles são mais travessos do que crianças, né? Sua casa também fica uma bagunça, vice-diretor?

— A minha casa...

Pelo visto, aquela cortina de restaurante era, na verdade, uma cortina de casa. Ele olhou para o Nike sorridente no desenho. Seus olhos estreitos e risonhos pareciam os dele quando dormia. Atormentado pela ansiedade, Tomoya não estava mais fazendo os longos desvios de antes. Ele trabalhava duro como sempre, mas mal podia esperar para voltar para casa. Porque, como qualquer pessoa que tinha um gato, seu gato também o esperava em casa.

— Pois é, meu gato é igual, bem travesso, sabe, Kō? Ele também se prende na cortina e na parede, e em várias outras coisas, pra subir mais alto. Então ele está competindo com o Met?

— Sim. É uma competição! — respondeu o menino com um sorriso, contente.

De mãos dadas com a mãe, o garoto foi para o local do seminário. Enquanto observava os dois, Tomoya sentiu a ligação invisível entre eles. Os olhos de Nike, redondos como a lua cheia, permaneciam fechados desde aquele dia. Ele se certificava de que o gato tinha comida e água o bastante, se havia feito as necessidades, e escovava seu corpo imóvel. Cortava as unhas e o abraçava. O gato era quentinho e cheiroso. O rapaz enterrava o nariz na sua nuca, inspirava forte e sentia o cheiro do sol.

Nike não subia mais em lugares altos. Não tinha a oportunidade de brincar com outros gatos. Não se espreguiçava, nem olhava para o ponto peculiar da parede.

Mesmo assim, Tomoya queria que Nike ficasse com ele o máximo de tempo possível.

Ele pegou os cobertores e as caminhas e levou tudo para os fundos do abrigo. No meio do caminho, encontrou Madoka, que preparava o seminário.

— Kajiwara, você viu? Aquele menino veio de novo.

— Vi, sim. Parece que ele ficou interessado em um monte de coisas. Espero que ele goste do seminário. Divertido e alegre, miau, miau, miau, né?

Ele seguiu para o depósito e Madoka o olhou com uma expressão atônita.

— O que foi?

— Nossa, Kajiwara. Você não melhorou de jeito nenhum. Na verdade, está ainda mais estranho. Você nunca miava.
— Tá tudo bem, não é nada.
— Não, não. Não é do seu feitio. Sr. Ōta, o Kajiwara ainda está mal. Ainda está preocupado.
— Por quê? O que foi? — perguntou o sr. Ōta.
— O Kajiwara falou "miau, miau, miau".
— Ah, isso... deve ser cansaço.

Tomoya deixou os dois discutindo e pegou um monte de itens para carregar. Realmente tinha uma pilha de coisas para fazer. Ele arrumava tudo com eficiência, se esforçava bastante no trabalho e voltava direto para casa, onde seu amado gato o esperava. As patas ainda estavam fracas e flácidas, mas o rabo balançava levemente. Nike estava sempre se divertindo em seus sonhos. Era assim que Tomoya pensava agora.

Ele ouviu novamente um barulho na sala ao lado.

Confuso, Akira Shiina desligou a televisão e, da sua sala, pressionou a orelha contra a porta. Era o som metálico da porta vizinha abrindo e fechando. Passos ecoaram no corredor. Pelo visto, alguém tinha saído.

Silenciosamente, girou a maçaneta e observou a situação pela fresta da porta. Conseguia ver apenas a silhueta de uma pessoa no corredor indo embora. Ela seguiu em direção à escada e desapareceu.

Parecia a silhueta de um menino pequeno.

Shiina fechou a porta e respirou fundo. Era verdade. Como imaginava, alguém ocupara a sala vizinha.

— Ou alguma coisa — matutou.

Shiina lentamente se sentou. O trabalho ia bem. Ele tinha a disposição de um jovem de vinte anos. Enfrentava algumas dificuldades na vida pessoal, mas acreditava que, com determinação e coragem, conseguiria superar.

No entanto, parecia que nem o poder magnético de seu colar tinha efeito contra fenômenos inexplicáveis e estranhos. Inúmeras pessoas visitam a sala ao lado, de diferentes gêneros e idades. O que o irritava era que o problema não era resolvido, mesmo que falasse com o proprietário do prédio e com a administradora. Isso porque, quando foi inspecionar o local junto com o responsável da administradora, não havia sinal de gatos ali, tampouco de ratos — a sala estava completamente vazia.

— Droga. Já que é assim, vou pegar a próxima pessoa que aparecer e fazer com que me diga o que está acontecendo. Ou vou entrar junto, como fiz com o senhorzinho naquele dia.

Certa vez, ele abriu a porta extremamente pesada e viu como era a sala por dentro. Aquilo de fato o pegou de surpresa. Naquele dia, o interior era diferente. Foi apenas por um instante, mas conseguiu ver o que parecia ser a recepção de uma clínica.

Como será que procediam? Ele não conseguia deixar de pensar na possibilidade de ser uma grande fraude. Ficou tão irritado que queria fumar um cigarro, mas balançou a cabeça, afastando o pensamento. Já não fumava mais.

De repente, ouviu outro ruído. Um som fraco de choro. Um miadinho de gato.

E não era apenas um.

— Eu sabia que tinha coisa ali. Com certeza tem. Não sei bem o quê, mas pelo visto tem gatos na sala daqui do lado.

"Na próxima vez", decidiu Shiina.

Na primeira chance que tivesse, entraria na sala vizinha e descobriria o que estava acontecendo ali. Ele não se importava se fossem espíritos ou um *nekomata*, gato do folclore japonês com cauda bifurcada e poderes sobrenaturais. Ao se preparar para esse momento, substituiu o colar magnético que usava por um novo, de melhor qualidade. Ele sempre deixava o poder magnético no máximo.

— Certo. Se isso ajudar a dar um jeito nas coisas esquisitas da sala aqui do lado, então posso comprovar os poderes espirituais do colar também.

Ele ficou animado com a possibilidade de acrescentar uma nova funcionalidade ao seu produto. Shiina sorriu com satisfação. A próxima vez em que abrisse aquela porta pesada, seria para ele mesmo.

— Enfim — disse Nike, recostando-se na cadeira.

Ele olhou ao redor do pequeno consultório. Era completamente diferente de antes. Naquela época, caixas de papelão se acumulavam dentro do cômodo, e para onde quer que olhasse tinha amigos ali. Eles brincavam, dormiam e brigavam muito dentro do grande cercado. Mesmo quando voltavam para suas gaiolas, acreditavam que no dia seguinte brincariam de novo e seriam tratados com carinho.

Até que, antes que se dessem conta, foram deixados sozinhos por um dia, então dois, e a memória dos últimos dias era vaga.

— Aqueles dias foram difíceis. Será que vai melhorar?

Enquanto murmurava para o teto, a cortina se abriu. Chitose estava ali, com a testa franzida.

— Dr. Nike. Nós não sabemos quando os pacientes com horário marcado virão, então não fique babando nem caia no sono, por favor.

— Mas não estou dormindo — disse ele, e logo se sentou e limpou a boca com a mão.

Realmente, se não prestasse atenção, ficava distraído, aparentemente a ponto de babar. Ele mostrou o queixo para Chitose.

— E então? Sobrou alguma baba?

— Sobrou. Enfim, só queria falar uma coisa. O que foi aquilo naquele dia?

— Aquilo naquele dia?

Nike inclinou a cabeça, e a expressão no rosto de Chitose ganhou um tom severo.

— O que disse para o sr. Kajiwara — replicou ele. — Sobre eu ser como uma irmã mais nova. É o contrário. O senhor é o irmão mais novo.

— Hã? — disse ele, surpreso. — O quê? Claro que não. Eu nasci antes, sra. Chitose.

— O senhor não sabia? Depois de determinada idade, os papéis de irmãos se invertem. Por isso, de agora em diante, o senhor é o irmão mais novo.

— De jeito nenhum, que besteira.

— Então preste atenção no que eu digo. Sobre o paciente com hora marcada. Você precisa aguentar firme até que ele se cure. Você precisa.

— Mesmo que me diga isso, eu também estou exausto.

— Não quero saber de chororô. Ah, veja. — Chitose dirigiu o olhar sempre frio para a entrada. — Parece que alguém chegou. Tente não gastar muito tempo com pacientes novos, doutor.

Dito isso, ela desapareceu atrás da cortina. Era sempre a primeira a recepcionar pacientes que apareciam e nunca recusava visitas.

Nike sorriu. Sua tutora devia ter amado muito a personalidade determinada e desafiadora dela. Devia ser por isso que, mesmo agora, ela ainda era gentil com as pessoas.

— Fazer o quê, né? Se a sra. Chitose ainda se esforça, também vou aguentar mais um pouco — murmurou ele, olhando para o teto.

Apenas essa parte era a mesma daquela época. Rumores sobre ele eram levados pelo vento, trazendo as pessoas que queria encontrar. Suas mãos gentis salvariam seus amigos novamente, onde quer que fosse. Seus companheiros precisavam dele.

Havia mais uma pessoa que ele gostaria de ver seguindo em frente. Alguém que o visitara apenas uma vez, e então se afastou. Ele gostaria que os ventos levassem aquela pessoa até ali novamente.

A porta se abriu. Um rapaz de terno e com uma expressão sombria entrou, tímido. Ele estava nitidamente desconfiado, mas confessou suas preocupações ao médico.

— Então — respondeu Nike, sorrindo —, vou te receitar um gato. Sra. Chitose, por favor, traga um gato.

|               |                                  |
| ------------: | -------------------------------- |
| 1ª edição     | JANEIRO DE 2025                  |
| impressão     | IMPRENSA DA FÉ                   |
| papel de miolo | IVORY BULK 65G/M²               |
| papel de capa | CARTÃO SUPREMO ALTA ALVURA 250G/M² |
| tipografia    | MINION PRO                       |